DE BRUID VAN DE CENTAUR

GEBONDEN AAN MONSTERS

BOEK VIER

TAMSIN LEY

Twin Leaf Press

Alle personages in dit boek, of ze nu buitenaards, menselijk of iets totaal anders zijn, zijn ontsproten aan de verbeelding van de auteur. Elke gelijkenis met bestaande personen, situaties of gebeurtenissen berust louter op toeval.

Niets uit deze uitgave mag worden verveelvoudigd, overgedragen of verspreid in welke vorm of op welke wijze dan ook zonder uitdrukkelijke schriftelijke toestemming van de auteur, met uitzondering van korte fragmenten voor gebruik in recensies, artikelen of blogs. Dit boek is uitsluitend voor jouw persoonlijk leesplezier in licentie gegeven. Hartelijk dank, veel liefs en dikke kusjes voor jouw aankoop.

HOOFDSTUK 1

Black Stevens duwde met de rug van zijn pols de rand van zijn cowboyhoed van zijn voorhoofd omhoog en deed een stap opzij om het pasgeboren veulen de ruimte te geven om op te staan. De zwakke tl-buizen die aan de balken van de stal hingen, boden hardnekkig weerstand aan de nacht. De bevalling was soepel verlopen, ondanks de bezorgdheid van de kudde dat Millie te oud was voor nog een zwangerschap.

Naast hem slaakte Millies oudste dochter, Su, een zucht van verlichting. 'Ziet ze er goed uit?'

'Kerngezond,' zei hij, terwijl hij haar blik ving.

Su wendde snel haar blik af. In haar menselijke gedaante was Su nog onopvallender dan in haar paardengedaante, met nietszeggend donker haar en een fletse huid die paste bij haar vale vacht. Ze was een van de weinige kuddeleden die ondergeschikt waren aan Black.

Millie, een bruine merrie, duwde haar grijsgeworden snuit tegen de pasgeborene aan om haar aan te moedigen te gaan staan.

'Hoe ga je haar noemen?' vroeg Black.

Millie snoof en rolde met haar ogen, niet in staat om in paardengedaante te antwoorden, terwijl Su een hand uitstak naar het merrieveulen om haar geur te delen. 'We laten Lori waarschijnlijk beslissen.'

Nu was het de beurt aan Black om te snuiven en met zijn ogen te rollen. Hij haakte zijn duimen in de voorste lussen van zijn spijkerbroek in plaats van zijn handen tot vuisten te ballen, zoals hij eigenlijk wilde doen. Sinds de dood van zijn grootmoeder had Lori als leidmerrie de leiding overgenomen en zo ongeveer de staat van beleg over de kudde uitgeroepen.

'Mij wat laten beslissen?' De zwoele stem van Lori vulde de stal. Black dook om de hoek van de box en zag de blonde kuddeleidster naderen, uitgedost in wat ze haar menselijke bling noemde—een kanten zwarte beha die boven de diepe V-hals van haar rode overhemd uitkwam, een strakke spijkerbroek met glimmende klinknagels langs de zakken en een grote zilveren riemgesp in de vorm van de staat Montana. Haar glanzende New Helens-cowboylaarzen brachten haar bijna op ooghoogte met de één meter negentig van Black.

'Hé, soldaat.' Ze slenterde langs hem heen en hield haar blik op de zijne gericht tot hij wegkeek als een braaf kuddelid. Een leven van ingebakken respect voor rang streed met zijn drang om tegen de autoriteit van de nieuwe leidmerrie in te gaan. Hengsten beschermden de kudde fysiek, terwijl merries het beleid bepaalden, en het woord van de leidmerrie was wet zodra ze was gekozen. Alleen de sterkste kuddeleden durfden haar uit te dagen. Zijn grootmoeder had respect geëist tijdens haar leiderschap, maar ze had het ook teruggegeven. Lori was gewoon een tiran.

In de kraambox nam Lori een brede houding aan, met haar handen op haar heupen. 'Nou, het is een simpel dingetje, nietwaar? Laten we haar Jane noemen, zullen we?'

Su hield haar kin omlaag en knikte, terwijl Millie onderdanig haar hoofd wegdraaide.

Blacks neusvleugels trilden, maar hij hield zijn houding ontspannen. 'Ik dacht dat we haar misschien Ivy konden noemen, vanwege die mooie strepen op haar spronggewrichten.'

De kuddeleidster wapperde minachtend met haar gemanicuurde vingers. 'Ivy is voor groenere weiden. We houden het op Jane. Kom op, dames. We gaan.' Ze gespte haar riem af, hing die aan een haak bij de ingang, alsof ze met een vlag haar territorium afbakende, en trok daarna haar laarzen uit. Ze duwde ze tegen Black aan. 'Zet deze in mijn kluisje.'

Voordat hij met zijn ogen kon knipperen, waren Lori en Su naakt; Lori's parmantige borsten en perfect gemanicuurde schaamstreek stonden in schril contrast met Su's natuurlijke verzakking en rondingen. Lori glipte de duisternis buiten in. Su volgde vlak achter haar en wierp een bezorgde blik over haar schouder naar Millie. Het licht dat uit de open deur viel, ving een glimp op van Lori's gouden palominovacht terwijl ze veranderde.

Millie duwde haar nieuwe veulen in de richting van de uitgang.

'U hoeft niet te gaan. Laat Ivy-Jane eerst op haar benen staan en drinken.' Black weigerde de baby 'simpele Jane' te noemen. 'Ze zou uw menselijke gedaante ook moeten leren kennen.' Black legde een hand op de knokige schoft van Millie; hij voelde zich een beetje opgelaten om een ervaren moeder advies te geven, maar zijn veterinaire opleiding liet hem niet toe te zwijgen. Er loerden daarbuiten niet alleen gevaren zoals poema's, maar de eerste uren van een veulenleven waren ook cruciaal voor de inprenting, vooral voor jongen van gedaanteverwisselaars, die kennis moesten maken met wat neerkwam op twee moeders. Het veulen zou pas over een paar jaar kunnen transformeren, maar ze moest meteen leren communiceren als paard én als mens.

De littekens op de flank van de merrie trilden bij zijn aanraking. Ze draaide haar hoofd om met haar wang tegen hem aan te duwen; ze liet hem weten dat ze zijn bezorgdheid waardeerde, maar dat hij zich met zijn eigen zaken moest bemoeien.

Hij zuchtte en deed een stap achteruit, luisterend naar het geluid van hoeven op de harde aarde dat in de nacht vervaagde. Terwijl hij Lori's kleren in een kastje propte, keek hij om zich heen of er toeschouwers waren voordat hij zichzelf uitkleedde. Als centaur zou hij nooit echt deel uitmaken van de kudde en moest hij zijn geheim nauwlettender bewaken dan de andere gedaanteverwisselaars, maar vannacht had hij een veulen te beschermen.

Hij haalde diep adem, wendde zich tot de deur en liet de druk van de verandering bezit van hem nemen.

Renee stuurde de gehuurde Ford Escape de onverharde heuvel op naar het hek van de ranch, terwijl de airconditioning op volle toeren draaide tegen de droge hitte van Montana. Haar beste vriendin, Steph, zat op de passagiersstoel door haar telefoon te scrollen, nu al verveeld door de met alsem bedekte heuvels en de steile rotsformaties die de hoogvlakte omzoomden. Herinneringen van tientallen jaren geleden overspoelden Renee terwijl ze reden. Ma en opa en zelfs pa die toekeken hoe ze op haar zwart-witgevlekte pony, Cookies, reed; stormachtige nachten waarin opa haar uit bed smokkelde om vanaf de overdekte veranda naar de bliksem te kijken; ma die haar een nestje kittens in de schuur liet zien. Gelukkige herinneringen die haar met spijt vervulden naarmate ze dichter bij de ranch kwamen.

Opa was overleden en ze was nooit teruggegaan om hem op te zoeken. Hij was al twee jaar dood en ze had het niet eens geweten. Het nieuws was gekomen via de detective die was ingehuurd om haar op te sporen en het testament te overhandigen. Nu was de ranch van haar, althans voor even. Dit zou haar laatste bezoek zijn. Het was het beste om ervanaf te zijn, samen met alle herinneringen, hield ze zichzelf voor. Het bijhouden van Stephs rocksterlevensstijl kostte veel geld en de makelaar had een mooi bedrag voor het pand geboden. Wat wist Renee trouwens van het runnen van een ranch?

De laatste boodschap in het testament van opa maalde door Renee's hoofd terwijl ze reed.

De ranch herbergt een schat, diep en verscholen

Tolimans geheimen liggen niet langer gestolen

Bewaak het met zorg en heb het oprecht lief

Als je hun vertrouwen wint, is angst niet langer een dief.

Haar vader zou gezegd hebben dat het weer een van die voodoodingen van de oude man was—zo'n gedicht in een testament. Maar goed, pa was ook niet uitgenodigd voor de voorlezing, toch? Een oude bitterheid welde op in Renee's keel. Nadat ma was overleden, had pa de 'heidense' manieren van opa verworpen. Iets over sjamaanceremonies en duivels met gespleten hoeven die de kanker van ma hadden veroorzaakt. Zodra Renee achttien was geworden en het trustfonds van ma had geërfd, was ze weggerend, alleen maar denkend aan het ontsnappen aan de hysterische verwijten van haar vader.

Steph dacht dat het gedicht betekende dat er een begraven schat was en stond erop dat ze die zouden gaan zoeken voordat Renee de plek van de hand deed. Ze had namens Renee de eerste beschikbare tickets vanaf LaGuardia geboekt, memes over schatzoeken op Instagram geplaatst en geposeerd voor loerende paparazzi met een klein schepje van een van haar eerdere escapades. 'Zie ik eruit alsof ik klaar ben om te graven? Misschien moet ik daar een videoclip opnemen.'

Terwijl ze in de achteruitkijkspiegel keek naar wat overduidelijk de auto van een verslaggever was die op afstand bleef, vroeg Renee zich af welk voer ze de altijd hongerige pers dit keer zouden toewerpen. Soms voelde ze zich niet meer dan een fictief personage in haar eigen leven, dat achter Steph aan liep. Maar het leven in de schaduw van de rockster gaf tenminste nog een soort invulling aan Renee's ontevreden bestaan.

Onder een knoestige boom in de verte tilde een kudde vaalgekleurde dieren de koppen op bij het naderen van de SUV. Renee stootte Steph aan. 'Kijk, elanden.' Tenminste, ze dacht dat het elanden waren. Misschien herten?

Steph keek even op van haar telefoon en daarna weer omlaag. 'Cool. Zijn we er al bijna?'

'Binnenkort, denk ik.' Elke afrasteringspaal die ze passeerden op de met alsem bezaaide hoogvlakte, zorgde ervoor dat de knoop in de maag van Renee strakker en strakker werd. Waarom was ze zo zenuwachtig? Ze had het gevoel alsof er iets groots aan de horizon gloorde, een keuze waar ze niet op was voorbereid, ook al was haar besluit om te verkopen al genomen.

De boog van het toegangshek kwam in zicht, met Toliman Ranch in smeedijzer op de bovendorpel. Ze bracht de auto tot stilstand en opende het portier. Een vlaag droge hitte stroomde de gekoelde auto binnen, samen met de verre geur van paarden en door de zon verschroeide alsem. Ze haalde diep en waarderend adem en merkte op dat de kerel achter hen uit zijn autoraam hing om foto's te maken met een telelens. Renee opende snel het hek en keerde terug naar de auto en de verlichting van de airconditioning.

'Wat rustiek,' zei Steph, terwijl ze het hek bekeek terwijl ze erdoorheen reden. 'Ik neem aan dat we dat elke keer moeten doen als we komen of gaan?'

Renee haalde haar schouders op. 'Niet zo erg. Het gaf je paparazzivriendje de kans om met me te flirten.'

Alsof ze haar territorium wilde afbakenen, draaide Steph het raam omlaag en stak haar bovenlichaam naar buiten, waardoor ze de fotograaf een blik op haar gulle decolleté gunde. Renee reed rustig voorbij het hek en stapte toen weer uit om het achter hen te sluiten. Steph mocht de schijnwerpers hebben, het kon haar niet schelen. Renee was toch maar een niemendalletje.

Ze reed nog een paar honderd meter om een heuvel heen die het grootste deel van het huis aan het zicht van de weg onttrok. Het zonlicht danste door stofdeeltjes terwijl ze tot stilstand kwamen voor de brede overdekte veranda. Bijna verwachtend dat opa uit het huis zou komen om hen te begroeten, zette ze de motor af.

Steph gooide haar deur open en keek Renee aan met een opgetrokken neus. 'Poeh, wat is dat voor lucht?'

'Paarden,' antwoordde Renee, denkend aan haar jongere zelf die ook haar neus had opgetrokken. Vandaag deed de geur iets met haar, alsof er een trillende knop op het punt stond open te gaan in haar borst. Ze drukte het gevoel weg en herinnerde zichzelf eraan dat ze hier alleen was om alles over te dragen aan de makelaar. Ze stapte uit en vestigde haar blik op het luxe blokhuis met zijn hoge ramen en landelijke inrichting. Een oud, roestig wagenwiel hing aan de houten gevelbekleding en het deurbeslag was van zwart smeedijzer, tot aan de ouderwetse klopper in de vorm van een hoefijzer aan toe. Twee vierkante plantenbakken aan weerszijden van de verandatrap bevatten niets anders dan plukjes droog, bruin gras.

Achter haar deed het metalen gerammel van de schuurdeur die openging haar omkijken. Een lange, blonde vrouw kwam naar buiten; de spitse neuzen van haar cowboylaarzen waren onmogelijk glimmend voor een ranchmedewerker. De vrouw tilde haar kin op, alsof ze aan hen rook terwijl ze dichterbij kwam. 'Wie van jullie is Renee?'

Renee stak een hand uit naar de reuzin van een vrouw, althans een reuzin vergeleken met de één meter vijfenvijftig van Renee. 'Dat ben ik.'

De vrouw kneep met een ongemakkelijke stevigheid in de knokkels van Renee. 'Ik ben Lori. Ik run de boel hier sinds het overlijden van uw grootvader. Gecondoleerd, trouwens.'

Steph drong naar voren met haar hand uitgestoken. 'Aangenaam kennis te maken, Lori.'

Lori pakte haar hand, met opgetrokken wenkbrauwen. 'En u bent?'

Een blik van irritatie trok over het gezicht van Steph. 'O, sorry. Ik ben het zo gewend om herkend te worden. Steph Bilmore.' Ze hield haar hoofd koket schuin. 'U hebt misschien een van mijn videoclips gezien?'

'Ah. Dat verklaart die kerel bij het hek die foto's maakt. Ik hoop dat hij weet dat mensen in Montana wapens dragen.' De vrouw wendde zich weer tot Renee. 'Hoe lang bent u van plan te blijven?'

'Eh…' Renee keek automatisch naar Steph voor bevestiging. 'Een paar dagen, waarschijnlijk? Morgen komt er een makelaar langs.'

'We zijn op schattenjacht,' voegde Steph eraan toe. 'Plus, ik wil een cowboy berijden. Ik bedoel, een paard.' Ze hield haar camera omhoog voor een selfie naast het wagenwiel aan de gevel.

Lori's neusvleugels trilden. 'Een makelaar? Ik begrijp het. Nou. De huishoudelijke hulp is binnen. Hij zal jullie je kamers wijzen. Ik ben in de stal.' Ze draaide zich om en liep weg zonder om te kijken.

Steph snoof alsof ze niet onder de indruk was. 'Die amazone daar doet alsof de tent van haar is. Ik neem aan dat we onze eigen bagage moeten pakken, hè?'

'Je was wel een beetje brutaal met die cowboyopmerking,' zei Renee, die zich gesterkt voelde door de lucht van Montana. 'We kennen haar niet eens.'

'Dit is jouw terrein. Je kunt doen wat je wilt. Ze moet maar eens even normaal doen.'

Met afnemend zelfvertrouwen knikte Renee en dwaalde naar het hek bij de stal, terwijl ze Steph de tijd gaf om door haar gebruikelijke berg bagage te spitten. Leunend tegen de ruwe houten balk overzag Renee de weide. Voorbij het groene, geïrrigeerde gedeelte binnen de afrastering waren de glooiende heuvels gevlekt met stukken gele brem en zilvergrijze alsem. Een man zonder shirt met een cowboyhoed op knielde bij een van de sproeierkasten binnen het hek. Ze bewonderde zijn brede, zongebruinde rug terwijl hij gereedschap en onderdelen oppakte en weer neerlegde. Een veulentje met zebrastrepen op de benen huppelde om hem heen, terwijl de moeder rustig vlakbij graasde.

De man stak een hand achter zich uit terwijl hij doorwerkte en wiebelde met zijn vingers tot de kleine hem besnuffelde en er opgetogen vandoor schoot. Renee voelde vlinders in haar buik bij het zien van zijn duidelijke genegenheid. De diepe lach van de man dreef over het veld terwijl hij opstond en zijn handen afveegde aan zijn spijkerbroek. Hij hurkte neer en maakte een speelse schijnbeweging, de kleine uitdagend, die zijn hielen in de lucht gooide en terugrende naar zijn moeder.

De merrie zwiepte met haar zwarte staart en graasde onverstoorbaar verder.

Terwijl hij zijn gereedschapskist oppakte, keek de man in de richting van Renee, waardoor de vlinders in haar buik in een hogere versnelling gingen. Hij verschoof zijn hoed van zijn voorhoofd, waardoor de zon op een mooie, strakke kaaklijn met een waas van stoppels viel. Ze zwaaide even naar hem en een rilling liep over haar rug toen hij een gespierde arm ophief ter groet. *God, hij is sexy.* Over haar schouder kijkend besefte ze dat Steph hem nog niet had gezien. Renee was haar nooit te snel af, vaak door haar eigen aarzeling. Nou, vandaag niet. Dit was haar ranch en ze zou hem opeisen zolang ze kon. Met haar hart in haar keel door haar eigen brutaliteit riep ze: 'Dibs!'

'Wat?' Steph liet de bagage voor wat het was en liep over het grind om naast haar te komen staan. 'Ah, niet eerlijk! Er zijn hier hopelijk nog meer van die heerlijke cowboys.'

Renee grijnsde. Wauw, dat voelde goed. Meestal koos Steph de doelwitten en mocht Renee de wingman spelen, wat betekende dat ze de hele nacht de wingman van het doelwit van zich af moest houden. Deze keer niet.

Met haar kin op haar onderarmen leunde Renee tegen het hek en keek hoe de rancher naar de schuur slenterde. Zijn spijkerbroek sloot op precies de juiste plaatsen aan op zijn slanke heupen en gespierde dijen, en zijn gespierde buik bewoog mee met zijn tred. Hij keek haar niet rechtstreeks aan, maar ze voelde dat zijn aandacht haar in vuur en vlam zette.

Met een warm gezicht keek ze weg.

Steph draaide zich terug naar de auto. 'Als je het voor morgen niet beklonken hebt, vervallen de dibs.'

Haar eerdere vlaag van zelfvertrouwen brokkelde af. 'Hé! Ik riep eerst!'

'Dibs betekent dat je er als eerste recht op hebt, niet dat hij exclusief voor jou is. Dus verpest het niet. Ga gewoon aan de slag.' Steph grijnsde en ratelde met haar rolkoffer over het grind het huis in.

Terwijl ze haar eigen koffer uit Stephs rommelige stapel spullen trok, haastte Renee zich achter haar aan.

HOOFDSTUK 2

Blacks oren spitsten zich bij het gesprek tussen de twee vrouwen terwijl hij de stal binnenliep. Ze konden onmogelijk weten dat hij hen op die afstand kon horen—geen mens zou dat kunnen, althans niet zo duidelijk. De kleine brunette met het elfengezichtje zag er verdomd sexy uit terwijl ze over de bovenste plank van de omheining naar hem gluurde, en ze rook heerlijk, zelfs vanaf deze afstand, als de wind die uit een bloeiende kersenboomgaard kwam aanwaaien. Die andere was ook niet mis, maar om haar heen hing een scherpe geur die hem aan een roofdier deed denken.

Hij zette zijn gereedschapskist net binnen de stal neer, veilig buiten het bereik van de nieuwsgierige mond van de kleine Ivy-Jane, en nu hij uit het zicht van de dames was, schikte hij zijn gulp. Hoe lang was het geleden dat hij een vrouw had gehad? Afgaande op zijn hard wordende lul, te lang. Er waren niet veel opties voor een centaur die op een afgelegen ranch woonde. Voor de kudde was hij een misvormd monster, niet in staat een volledige paardengedaante aan te nemen, en voor mensen was hij een fabelwezen. Centauren hadden in geen van beide werelden een plek.

Hij liep naar de achterste hoekstal, waar ze reserveonderdelen en apparatuur bewaarden voor het krakkemikkige watersysteem van de ranch. Delen van het systeem stamden uit meer dan honderd jaar geleden. De wateruitlaat was verstopt geraakt door roest, en hij hoopte dat ze een reserve-O-ring hadden.

Moest hij de brunette benaderen of haar naar hem toe laten komen? Jonge hengsten van de kudde pappen af en toe aan met mensen in de plaatselijke kroeg, maar die uitlaatklep was de kop ingedrukt toen Lori het stokje overnam. Ze handhaafde strikte regels over wie de ranch verliet en met welk doel, waarbij ze wat ze 'frivole' interacties met mensen noemde tot een minimum beperkte.

Het beeld van het kleine elfje, haar kleine borsten tegen de middelste plank van het hek gedrukt terwijl ze hem gadesloeg, liet hem niet los. O, wat zou hij graag frivool met haar worden. Met zijn neus in de warme holte van haar nek wrijven terwijl ze beide benen om hem heen klemde. Zijn lul werd bij die gedachte nog harder. Maar goed dat er nu niemand in de buurt was.

Hij graaide in een plastic emmer met O-ringen in verschillende maten en vergeleek de oude ring van de kraan om de juiste maat te vinden. Lori wilde de ranch—het hele plateau, wat dat betreft—als een toevluchtsoord voor gedaanteverwisselaars. Helemaal geen mensen, ook al wist de oude Toliman van de kudde en bood hij zaken als medische hulp en wintervoer. Nu hij er niet meer was, stond de kudde op wankele grond.

Het schuifelen van voeten over de zandgrond achter hem deed hem over zijn schouder kijken. De Leidmerrie leunde tegen de deuropening, de ene laars over de andere geslagen. 'Ik heb een opdracht voor u, soldaat.'

Hij ging verder met het graaien in de emmer, terwijl zijn lul gelukkig verslapte door haar aanwezigheid. Hij haatte haar bijnaam voor hem, alsof hij alleen maar leefde om haar bevelen op te volgen en geen deel uitmaakte van de kudde die hij beschermde. 'Ik ben al ergens mee bezig.'

'U hebt gehoord. dat we bezoek hebben.'

Hij haalde zijn schouders op.

'Dat opdondertje is de erfgename van Toliman. Ik wil dat u met haar trouwt. Hoe eerder, hoe beter.'

Hij schoot in de verdediging, schoof de emmer met onderdelen terug op de plank en draaide zich om. 'Met haar trouwen? Ik dacht dat u niets met mensen te maken wilde hebben?'

Lori boog haar kin, haar bruine ogen flitsten van autoriteit. Soms vroeg hij zich af of haar vader een wilde kat was geweest in plaats van een hengst, om haar het soort gezag te geven dat ze leek uit te stralen. Ze sprak met een sensuele tenorstem die geen tegenspraak duldde. 'Ze heeft een makelaar laten komen. Een van ons moet met haar trouwen, het eigendom overnemen. Voorkomen dat ze de boel verkoopt of er een toeristenattractie van maakt.'

'Waarom ik?' Hij liep de opslagstal uit en liep ongemakkelijk dicht langs haar heen toen ze weigerde opzij te stappen.

'U bent hier meer bij de stal dan wie dan ook. En het is niet alsof het feit dat u een mens neukt de bloedlijnen nog erger kan bevuilen dan u al hebt gedaan.' Ze volgde hem op de voet, haar stem vlak bij zijn oor. Zijn huid kriebelde alsof ze hem elk moment in zijn flank kon bijten. Hij haatte het als ze probeerde haar kudderang op hem te laten gelden in menselijke vorm. 'U bent waarschijnlijk al half stijf bij de gedachte dat u haar mag bestijgen. Doe het. Ik zal de andere hengsten zeggen dat ze afstand moeten houden. Kijk alleen uit voor die vriendin van haar. Dat is een apart figuur.'

'Bestijgen is één ding. Trouwen is iets anders.'

Dacht ze echt dat de kleindochter van Toliman zomaar met een vreemde hulp van de ranch zou trouwen en de boel aan hem zou overdragen? Hij bukte zich om de gereedschapskist op te pakken. 'De oude Toliman heeft ons geheim decennialang bewaard. Waarom vertellen we het zijn kleindochter niet gewoon?'

Lori kwam zo dichtbij dat hun laarzen elkaar raakten. 'Geen woord daarover. Ons geheim is met die oude man gestorven en dat kan maar beter zo blijven.'

Een direct bevel? Hoe werd hij geacht genoeg vertrouwen op te bouwen om een mens ten huwelijk te vragen en tegelijkertijd zo'n geheim te bewaren? Hij sloeg zijn ogen neer, zijn lip krullend van afkeer door Lori's nabijheid, en deed een stap achteruit. 'Verwacht u dat ik zomaar uit het niets op één knie ga en haar een aanzoek doe? Ik heb het vermoeden dat ze daar te slim voor is.'

'Ik heb u in actie gezien in de bar, soldaat. Ik weet dat u haar in katzwijm kunt laten vallen. Overtuig haar om uw bruid te worden en ik zorg ervoor dat u een plek krijgt in de kudde. Een echte plek, rennend in de wind met de rest van ons.'

Het idee greep hem vast als de hand van een geliefde die zijn ballen omvatte. Hij droomde er al van om met de kudde mee te rennen sinds vóór zijn eerste gedaanteverwisseling op zijn zeventiende. In tegenstelling tot andere paardengedaante-verwisselaars was hij ter wereld gekomen terwijl zijn moeder in haar menselijke vorm was—een menselijke baby—en hij had zijn lange kindertijd doorstaan, wachtend op zijn eerste gedaanteverwisseling om zich bij de kudde van zijn grootmoeder te voegen. Naarmate de tijd verstreek en hij geen enkel teken van die gave vertoonde, nam iedereen aan dat het nooit zou gebeuren. Hij had zo hard geprobeerd om het te laten gebeuren dat, toen het eindelijk zover was… nou ja, hij had zichzelf bijna omgebracht door keer op keer van gedaante te verwisselen in een poging het 'goed te doen'.

Het was hem nooit gelukt.

De kudde had hem niet echt verbannen—dat durfden ze niet toen zijn grootmoeder de Leidmerrie was. Maar de toegeeflijkheid die ze ooit hadden getoond aan de arme mensenjongen, zoals ritjes zonder zadel over het plateau, was al snel omgeslagen in minachting en afwijzing. De enige reden dat hij de opleiding tot dierenarts was gaan volgen, was om zichzelf waarde te geven binnen de kudde. Maar zelfs dat had zijn rang niet verhoogd. Dierenarts zijn was iets voor mensen.

Hij likte zijn lippen en bekeek Lori argwanend. 'Hoe stelt u voor dat de kudde mij accepteert als ik niet eens met hen mee kan rennen?'

Ze boog haar kin om hem met een neerbuigende blik aan te kijken. 'Wat ik zeg, gebeurt. Dat weet u. Zodra we de ranch bezitten, bent u vrij om te zwerven als nooit tevoren. En als u het niet doet, kan ik wel iemand anders vinden die het wel doet.'

Zijn hart klopte in een ongemakkelijk ritme. Hij had zichzelf nooit als huwelijkskandidaat beschouwd. Maar om bij een kudde te horen, zou hij bijna alles doen. En hoe dan ook, de kleindochter van Toliman was een verleidelijk hapje. 'Als dit me lukt en ze mijn kleine boerenvrouwtje wordt, hoe gaat u ons geheim dan verborgen houden?'

Lori's grijns was wild terwijl ze zich terugtrok in de stal. 'Geloof me, zij blijft niet lang plakken.'

Black werd plotseling misselijk toen hij bedacht wat Lori daarmee zou kunnen bedoelen.

Renee staarde naar de enorme schuurdeur en slikte. Steph was in het huis, vastgekluisterd aan een muurtelefoon zodat ze met haar agent kon praten. Er was blijkbaar geen mobiel bereik op de ranch. Maar dit gaf Renee de kans om die cowboy op te zoeken zonder Stephs toeziende oordeel of een plagende samenvatting van haar onhandige geflirt achteraf.

Waarom moet het zo verdomd heet zijn? Ze hield haar armen een stukje van haar lichaam af, in de hoop op een verkoelend briesje. Ondanks dat ze opnieuw deodorant had opgedaan, waren er onder haar oksels al zweetvlekken te zien.

Ze haalde diep adem en waagde zich in de schuur, in de hoop hem daar te vinden. Ze tuurde langs de rij stallen en probeerde weer vertrouwd te raken met de indeling die ze zich nog vaag uit haar kindertijd herinnerde. De stallen aan de rechterkant waren eenvoudige hokken van gaas, terwijl die aan de linkerkant van massief hout waren. De lege schuur galmde; de zoete geur van warm hooi en stof hing zwaar in de lucht. Een simpele houten trap leidde naar de hooizolder, terwijl een aantal strobalen aan de andere kant van het gebouw een eigen, steviger ogende trap vormden.

Wat als hij hier niet is? Of erger nog, wat als hij al iets heeft met dat Lori-mens? Ze klemde het weinige zelfvertrouwen dat ze nog had stevig vast en liep verder het koele, schemerige binnenste van de schuur in. 'Hallo?'

De man met de cowboyhoed verscheen achter de trap van strobalen, nu gekleed in een donker, nauwsluitend T-shirt. *Wat zonde.* Tenminste spanden zijn schouders en biceps de stof op precies de juiste plekken. Een streep zweet verdonkerde de halslijn van het shirt en wees naar beneden, tussen zijn goedgevormde borstspieren.

Hij liep op haar af, terwijl zijn versleten cowboylaarzen over de met hooi bestrooide vloer schraapten. Elke stap stuurde rillingen door haar lichaam. Hij had een sterke kaaklijn met stoppels, donkerblond haar dat lichtjes over zijn oren krulde, een sterke, rechte neus en sensuele lippen. Onder zijn mahoniekleurige blik voelde ze zich onrustig, verhit en onmiskenbaar vochtig tussen haar benen.

'Jij moet de nieuwe eigenaresse zijn.' Zijn stem was net zo laag en sexy als ze zich had voorgesteld.

Als ze Steph voor wilde zijn en hem wilde claimen, moest ze het spelletje net zo spelen als Steph. *Zeg iets sexy's.* Maar het enige waar ze aan kon denken was het berijden van een cowboy. Totaal ongepast. In plaats daarvan glimlachte ze en stak haar hand uit. 'Howdy, partner!'

'Howdy, partner?' Echt waar? Was dat het beste wat ze kon bedenken? Ze schudde haar hoofd en deed een schietgebedje dat haar blos niet zichtbaar was in het gedimde licht van de schuur. Hij nam haar hand aan; zijn grote, door werk eeltige greep was stevig maar absoluut niet onprettig. Sterker nog, het contact stuurde een heerlijke rilling door haar arm terwijl ze zich voorstelde dat die hand andere delen van haar huid aanraakte.

Ze schraapte haar keel en probeerde het opnieuw. 'Mijn naam is Renee. Wat is de jouwe?'

Een klein glimlachje verscheen in een van zijn mondhoeken, en ze verdronk bijna in zijn warme bruine blik. 'Black.'

'Black? Is dat je voornaam?'

'Yep.' Zijn blik gleed even omlaag naar hun nog steeds ineengestrengelde handen.

Ze zocht koortsachtig naar een Steph-achtige kwinkslag om het gesprek op gang te houden. 'Laat me raden: Black Beauty?' *O god, wat was ze aan het doen? Een kinderboek? Kom op, Renee.* 'Nee, te meisjesachtig. Black Jack? Nee, dat is een piraat.' *Van kwaad tot erger...* 'O, wacht, Black Stallion!' Haar blos werd gloeiend heet, en ze wilde niets liever dan haar gezicht met beide handen bedekken. Toen besefte ze dat ze nog steeds zijn hand vasthield. Ze trok hem snel los en probeerde rechtop te blijven staan, terwijl ze eigenlijk weg wilde kruipen van schaamte.

De trek in zijn mondhoek veranderde in een brede glimlach. 'Bijna. Black Stevens.'

Voordat hij meer kon zeggen, kwam Lori tevoorschijn uit een van de houten stallen achter hem. De lange vrouw legde een hand op zijn schouder, maar niet op een manier die Renee liefdevol zou noemen. Het was eerder bezitterig. 'Ik zie dat je onze hulp al hebt ontmoet. Black is aangewezen om je rond te leiden.'

Potverdorie. Hij *was* al bezet. Typisch iets voor Renee: de ene keer dat ze een knappe vent claimde, koos ze er een die al aan een vrouw zat.

Black schudde Lori's hand van zich af, keek haar nors aan en zei: 'Daar moeten jij en ik het nog eens over hebben.'

'Je kunt ook gewoon weer de stal gaan uitmesten.' Lori's glimlach was ijzig.

Renee hield haar handpalmen afwerend omhoog. Er hing een behoorlijke spanning tussen die twee en ze wilde er niet tussenin komen te zitten. 'Hé, ik wil niet tussenbeide komen bij een ruzie tussen geliefden. Ik kan later wel terugkomen.'

Black liet een rauwe lach horen. 'Lori en ik zijn geen geliefden en we zullen het ook nooit worden.'

De hooghartige uitdrukking van de lange vrouw bevestigde zijn woorden. Wat er ook aan de hand was tussen deze twee, het had niets met seks te maken. Onzeker over wat ze ervan moest denken, keek Renee om zich heen om een ander onderwerp te vinden. 'Ik neem niet aan dat Cookies er nog is? Grootvader hield vroeger een pony voor mij.'

Lori lachte. 'Geen Cookies voor jou, schat.' Ze wierp een vreemde blik op Black. 'Ik zal zorgen dat onze hengst, Saul, voor je wordt opgezadeld.'

Black scheen te verstijven. 'Saul zadelen? Wat vindt Saul daarvan?'

Met een minachtende blik liep Lori langs hem heen naar Renee. 'Hij is graag van dienst.'

Black draaide zich om toen ze langs hem liep. Hij schraapte zijn keel en richtte zich tot Renee. 'Een hengst is misschien wat veel voor je.'

'Onzin.' Lori maakte een wegwerpend gebaar, waardoor de dwarrelende stofdeeltjes in beweging kwamen. 'Ze is de kleindochter van Toliman. Kijk haar aan, ze heeft de bouw van een jockey. Bovendien hoor ik dat zij en haar vriendin wel van een uitdaging houden. Saul gaat haar geweldig vinden.'

De spanning in de schuur was om te snijden, geladen met een ondertoon die Renee niet kon plaatsen. Steph hield van het imago van een waaghals voor de paparazzi, maar in werkelijkheid joegen de dingen die Steph deed Renee de stuipen op het lijf. Rijden op een hengst klonk alsof het in dezelfde categorie viel als zwemmen in een haaienkooi. Bovendien was haar grootvader gestorven tijdens het paardrijden en zij was lang niet zo ervaren als hij was geweest. 'Eh, ik heb niet meer op een paard gezeten sinds mijn achtste.'

Black pakte Renee bij haar arm en leidde haar resoluut naar een van de stallen die uitkwamen op de wei. 'Waarom leid ik je niet eerst rond voordat je beslissingen neemt? Laten we dat rijden bewaren voor later, als het minder heet is.' Hij wierp een blik over zijn schouder, maar vertraagde zijn pas niet. 'We hebben een nieuw veulen. Ze werd pas een paar dagen geleden geboren.'

'Klinkt goed,' zei Renee buiten adem, terwijl ze een opdrogende vlaai ontweek.

'Laat me weten hoe het rijden bevalt!' Lori's stem zweefde hen achterna, gevolgd door een lach.

Nu ze weg waren bij Lori, boog Renee haar hoofd een beetje om Blacks in spijkerbroek gehulde achterwerk te bekijken. Niet te lubberig, niet te strak. *Mooi.* Ze liet haar blik over zijn brede rug omhoog glijden naar de sexy warboel haar die onder zijn cowboyhoed vandaan piepte. Werden alle cowboyhoeden Stetsons genoemd of was dat een specifiek merk?

Een losliggende steen verschoof onder haar voet, waardoor ze voorover struikelde. Hij draaide zich bliksemsnel om en ving haar bij beide armen op voordat ze viel. *Oeh, snel* én *sterk.* Ze glimlachte verleidelijk naar hem, in haar schik met de overrompelde blik die hij haar gaf voordat hij wegkeek. *Zie je wel, die Steph-act is niet eens zo moeilijk. Zolang ze maar niet hoefde te praten...*

'Voorzichtig,' zei hij. 'Die stenen lijken uit het niets tevoorschijn te komen.' Hij draaide zich om en liep verder, zonder Renee's arm nog vast te houden. *Jammer.* Ze sloot haar ogen en inhaleerde zijn vage geur. Zoet hooi, leer en een sexy, mannelijke geur.

Toen ze haar ogen weer opende, zag ze tot haar schaamte dat hij een paar passen verderop bij de merrie stond en naar haar keek. Een spottend lachje speelde om zijn lippen. 'Dit is Millie.'

De merrie spitste haar oren nieuwsgierig in de richting van Renee.

Met brandende wangen hield Renee haar rug recht en stak een hand uit naar het paard alsof ze het een hand wilde geven. 'Leuk je te ontmoeten, Millie. Ik ben Renee.' *Kijk, dat was schattig, toch?* Het dier knikte met haar hoofd alsof het haar begroette en Renee giechelde en maakte een diepe buiging terug, blij met Blacks goedkeurende glimlach. 'Wat beleefd!'

'Millie, Renee is de nieuwe eigenares van de ranch en ze zou graag kennis willen maken met Ivy-Jane, als je dat goedvindt.'

Het kleine veulen gluurde achter de achterhand van haar moeder vandaan, met een neus die veel te groot was voor haar lijf en sierlijke beentjes met strepen rond de hoeven. Renee slaakte een zucht. 'O mijn god, ze is echt schattig.'

Het veulen schoot geschrokken haar schuilplaats weer in. De moedermerrie sloeg met haar staart en draaide zich om om verder te grazen, alsof ze toestemming gaf.

Black ging door zijn knieën en boog naar voren, terwijl hij een hand uitstak naar de plek waar het veulen was verdwenen. 'Het is goed, Ivy-Jane. Kom maar even hallo zeggen tegen de mens.'

Renee bewonderde zijn brede borstkas terwijl hij zijn arm strekte. 'Ik vind het mooi hoe je met ze praat.'

Hij stond op zonder haar aan te kijken. 'Het draait allemaal om respect, dat is het enige. Nietwaar, Millie?' Hij krabde de merrie in de nek, op de plek waar haar donkere manen begonnen. 'En bij die kleintjes moet je wachten tot ze naar jou toekomen. Ze voelen precies aan wie ze kunnen vertrouwen.'

Het veulen gluurde weer naar hen, dit keer langs de voorhand van de merrie, met haar donkere oortjes naar achteren. Renee keek weg en bleef haar blik op Black richten. Dat was niet bepaald moeilijk. De spieren in zijn onderarm spanden zich aan terwijl hij de merrie aaide en de fijne gouden haartjes op zijn huid vingen het zonlicht op. Renee herinnerde zich hoe hij plagend een hand naar het veulen had uitgestoken terwijl hij aan de sproeierkast werkte, en ze hield haar handpalm omhoog en wiebelde met haar vingers naar het veulen.

Tot haar grote vreugde kwam het kleine schepsel dichterbij om te snuffelen, waarbij haar fluweelzachte snuit de rug van Renees vingers raakte.

'Blijkbaar ben je goedgekeurd.' Black keek haar aan met een broeierige blik en een ontspannen glimlach. Verdorie, hij had een sexy lach.

'Hoe oud zijn ze als je ze begint te temmen?'

Millie hinnikte zacht en sloeg met haar staart, waardoor het kleine veulen wegsprong, waarna de merrie zich omdraaide en er langzaam achteraan liep. Renee liet haar arm teleurgesteld zakken.

'We temmen hier geen paarden op de harde manier.' Blacks stem klonk als een laag gebrom van irritatie. De broeierige glimlach was veranderd in een strak gezicht. 'Bovendien is Millie… van de wilde kudde.'

'Sorry. Ik bedoelde mak maken.' Renee trok haar wenkbrauwen op, maar zijn gezichtsuitdrukking werd niet milder. 'Met ze werken? Ik ken het paardenjargon niet zo goed. Trouwens, ik dacht dat wilde paarden zouden wegrennen. Waarom staat ze in jouw wei?'

Black zette zijn hoed af en ging met een hand door zijn stoffige blonde krullen. 'Ouweheer Toliman— jouw grootvader—hielp paarden altijd. Het maakte niet uit of ze van hem waren, van de buren of van de wilde kudde. Hij bood bescherming aan nieuwe veulens. Zorgde voor voer tijdens zware winters. Medische hulp als dat nodig was.' Hij haalde zijn schouders op. 'We proberen zijn manier van werken in ere te houden.'

Opnieuw werd ze overvallen door dat weemoedige gevoel dat haar tijdens de rit hierheen ook al had gegrepen; het gevoel dat ze iets kwijt was. Ze had een levendig beeld voor zich van haar grootvaders brede glimlach wanneer hij haar meenam naar de schuur of de wei. 'Hij trok me altijd rond in een karretje om naar alle paarden te gaan kijken. Dan zei hij dat we op visite gingen,' zei ze, terwijl de tranen in haar ogen sprongen. Waarom was ze hier nooit meer teruggekomen? Alleen maar omdat haar vader bang was voor voodoo of zoiets? 'Grootvader hield vreselijk veel van paarden.'

Er gleed een briesje tussen haar en Black door als een geestverschijning, en ze veegde haar ogen af met de rug van haar handen. Ze probeerde te lachen. 'Sorry hoor.'

Blacks diepe, mahoniekleurige blik zocht de hare. De strakke uitdrukking op zijn gezicht was verzacht, maar hij bleef serieus, alsof hij iets van haar verwachtte. 'Misschien kun jij ook van paarden gaan houden.'

Ze lachte opnieuw, terwijl haar hart als een opgejaagd vogeltje in haar borstkas tekeer ging. Deze serieuze man was een dwingende verschijning. Ze wendde haar blik weer naar de schuur. Als er iemand was die ervoor kon zorgen dat ze weer van paarden ging houden, dan was het Black Stevens wel.

'Misschien kun je me meenemen om te rijden en me laten zien hoe het moet?' Ze hield haar hoofd schuin en wierp hem diezelfde verlegen, verleidelijke blik toe als toen ze over de steen was gestruikeld. Er trok een tinteling door haar onderbuik; ze wilde dolgraag rijden, en niet per se op een paard.

Hij haalde diep adem, alsof hij haar in zich opnam. 'Natuurlijk.'

'O!' Ze dacht ineens aan het gedicht van haar grootvader. 'In het testament van grootvader stond iets over een begraven schat. Heb jij daar ooit iets over gehoord?'

'Eh… nee.'

'Nou, dan ben je bij dezen officieel ingelijfd om mee te helpen zoeken.' Ze pakte zijn eeltige hand en trok hem mee terug naar de schuur om wat paarden te zadelen, terwijl haar hart in haar keel klopte door haar gemaakte dapperheid.

HOOFDSTUK 4

Met opperste bevreemding liet Black zich door de pixie mee terugvoeren naar de stal. Het was de bedoeling dat híj haar zou verleiden, niet andersom. Hoe de hel kon hij nu helder nadenken als hij voortdurend met een stijve rondliep zodra ze in de buurt was? Hij had nog nooit op iemand zo'n fysieke reactie gehad. Het was alsof zijn lichaam hyperbewust was van elke beweging die ze maakte. Toen ze over die steen was gestruikeld, had de blik die ze hem gaf, elektrisch en uitnodigend, hem bijna achterover doen slaan.

Alleen omdat ze flirt, betekent dat nog niet dat ze op zoek is naar iets permanents.

Ze was waarschijnlijk uit op een vakantieavontuurtje. Waar hij graag aan zou toegeven, ware het niet voor Lori's plan. En haar dreigementen. Om te beginnen klonk het niet alsof het de bedoeling was dat er een 'en ze leefden nog lang en gelukkig'-huwelijk uit voortkwam, wat de reden was dat Black had geaarzeld tijdens de introductie van Renee. Dan was er nog dat andere dreigement, bijna even wrang als het eerste. *Als jij het niet doet, zoek ik wel iemand anders die het doet.* Iemand als Saul, die meer was dan een hengst—hij was Blacks oom Saul, de leider van de vrijgezellenkudde.

Bij de gedachte dat Saul Renee zou bestijgen—of andersom, wat dat betreft—balden Blacks handen zich tot vuisten. Niet dat oom Saul een slechte kerel was, maar de gedachte dat iemand anders dan hijzelf op dat lieve, kleine merrieveulen zou rijden, gaf hem de neiging om iemand te slaan.

De koele schaduw van de stal omhulde hen en Renee slaakte een hoorbare zucht. Ze plukte aan haar T-shirt, waarbij ze een glimp opving van haar roze kanten bh en vlagen van haar heerlijke kersenbloesemgeur verspreidde, als een koel lentebriesje op een broeierige zomerdag. *Herpak jezelf, Black. Je gedraagt je als een jaarling bij een hitsige merrie.*

'Verdomme, die zon is heet,' zei Renee met een ademloze stem, sexy als de hel. 'Ik weet niet hoe je het de hele dag uithoudt in die hitte.'

Hij liet zijn blik van haar gezicht naar haar borsten en lager dwalen en keek haar toen weer in de ogen, terwijl zijn neusvleugels trilden door haar bedwelmende aroma. 'Wat voor parfum draag je?'

Ze bloosde. 'Gewoon deodorant.'

Hij hield van de manier waarop hij haar kon laten blozen. Ze was een braaf meisje dat probeerde stout te zijn en hij moest toegeven dat het verdomd aantrekkelijk was. Omdat hij wilde zien hoe rood ze kon worden, nam hij een diepe, doelbewuste ademteug. 'Je ruikt heerlijk.'

Haar blos werd dieper en ze wendde haar blik verlegen af.

Zijn erectie drukte hard tegen de ritssluiting van zijn jeans. Hij deed een stap naar voren tot hij er zeker van was dat ze zijn adem op haar huid kon voelen. Hij rook ongetwijfeld naar paarden en zweet, maar Renee scheen het niet erg te vinden. Sterker nog, ze leek erdoor aangetrokken te worden, als haar eerdere moment met haar neus in de wind een aanwijzing was.

Ze tilde haar kin op om naar hem op te kijken, waarbij de blos van verlegenheid omsloeg in een opgewonden gloed. Haar wimpers trilden dicht, haar lippen stonden een beetje open, klaar om door hem geproefd te worden.

Hoe graag hij haar ook in het hooi wilde werpen en diep in haar wilde wegzinken, hij wist dat hij meer moest doen. Hij moest haar hart winnen. Hij had nog nooit eerder het verleidingsspel gespeeld, omdat geen enkele merrie ooit voor een centaur zou kiezen. Zijn eerdere seksuele ontmoetingen waren altijd met mensen geweest, vluggertjes zonder verplichtingen. En nu was hier Renee, die hem het gebruikelijke stomende intermezzo aanbood, en hij dacht aan een diepere verbintenis.

'Ben je ooit verliefd geweest?' Zijn stem klonk hees in zijn eigen oren.

Haar ogen schoten open. Een flits van iets kwetsbaars trok door haar blik. Daarna was het wilde merrieveulen weer terug. Ze stak haar hand uit en liet haar wijsvinger van zijn keel over zijn borstkas glijden. 'Wat een dwaze vraag.'

Hij reikte naar boven, greep haar hand vast en hield haar vinger op zijn borstbeen stil. Haar verhitte huid was zacht. Terwijl hij diep in haar ogen keek, zei hij: 'Dat beschouw ik dan maar als een "nee".'

Daar was het weer, die kwetsbare flits achter haar ogen. Ze rechtte haar rug. 'Dit hoeft niet over liefde te gaan. We kunnen ook gewoon wat plezier hebben.'

Hij fronste. Achter haar onhandige pogingen om te flirten had hij een glimp opgevangen van iemand die het waard was om de kleindochter van Toliman te zijn. Iemand die in staat was tot liefhebben. Niet een vrouw die op jacht was. Hij wreef met zijn duim over de zachte huid van haar handpalm. 'Wil je niet meer?'

Ze schudde haar hoofd. 'Liefde is alleen maar een manier om jezelf de vernieling in te helpen, zo niet fysiek, dan wel mentaal. Ik heb gezien hoe mijn vader in een vreemde veranderde nadat mama stierf.' Ze schudde haar hoofd, alsof ze herinneringen wegwierp. 'Ik ben niet op zoek naar liefde.'

Black trok een wenkbrauw op, wetende dat hij op het punt stond haar op de kast te jagen. Maar hij wilde weten met wie hij werkelijk te maken had. 'Dus heb je besloten om in plaats daarvan een player te worden? Een roofdier?'

Ze knipperde met haar ogen en trok haar hand los. Maar hij ving hem weer en bracht hem terug naar zijn borst. Ze keek hem boos aan. 'Ik ben geen player.'

Op dat moment greep iets in haar houding, de manier waarop ze zichzelf verdedigde, de teugels van zijn hart beet. Dit kleine, blozende veulen was absoluut geen roofdier. Ze deed misschien alsof, maar als het erop aankwam, was ze niet het type dat een spoor van gebroken harten achterliet. Nee, zij speelde een spelletje, als een jaarling dat flirtte met een nieuwe kudde.

Hij gaf haar een wrange glimlach. 'Als je geen player bent, dan ben je een tease.'

Ze hapte naar adem en rukte haar hand los. 'Ik ben geen tease!'

'Nee?' Hij kwam dichterbij, drukte zijn borst tegen de hare en dwong haar achteruit. Eén stap, twee, totdat ze tegen de paal aan botste waar hij haar naartoe had gedreven. 'Bewijs het dan.'

Hij keek neer in haar grote ogen, en toen ze hem niet wegduwde, boog hij zijn hoofd om haar lippen te ontmoeten. Terwijl hij haar hoofd aan één kant vasthield, liet hij zijn vingers door haar korte haar glijden. De zachtheid van haar mond, de zoete smaak toen ze zich voor hem opende, deed zijn hoofd tollen. Ze leek onder hem weg te smelten, zich openend als bloembladen voor de zon. Haar handen gleden naar zijn heupbeenderen, wat rillingen over zijn huid joeg en zijn toch al keiharde lul deed ontvlammen. Verdomme, deze vrouw was als een drug.

Hij merkte dat hij haar harder kuste en zijn tong tussen haar tanden naar binnen liet glijden. Hij verkende haar mond en ademde haar adem in als de zijne.

Ze welfde haar borsten tegen hem aan, gooide haar hoofd achterover en ontblootte haar hals. Hij knabbelde langs haar kaaklijn, waarbij zijn hoed tegen haar wang stootte. Ze reikte omhoog en sloeg hem van zijn hoofd, zodat hij op de grond viel. Bevrijd trok hij haar stevig tegen zich aan en liet zijn mond zakken naar de gevoelige huid in de ronding van haar nek. Haar warme geur omhulde hem, diep vrouwelijk en opwindend. Haar tepels waren als kleine knopjes door haar shirt heen omhooggekomen en prikten door de stof tegen hem aan. God, wat wilde hij die borsten proeven.

Ze legde beide handen laag op zijn heupen en rolde zich tegen hem aan, waarbij ze zijn erectie tegen zich aan wreef. Hij reikte naar beneden en greep haar achterwerk vast, tilde haar iets op en drukte haar tegen zich aan. Ze maakte een klein geluidje achter in haar keel dat hem bijna over de rand hielp. Haar handen zwierven over zijn rug en zijn zijde, gleden naar beneden om de zoom van zijn shirt te zoeken en eronder te glijden, waarbij ze brandende sporen op zijn huid achterlieten terwijl ze zijn buikspieren streelde en naar zijn eigen harde tepels zocht.

'Joehoe, zet hem op, meid!' Een flits drong door zijn gesloten oogleden en een vertrouwde, roofzuchtige geur verstoorde het moment. 'Dit gaat zó op je Instagrampagina.'

Renee verstijfde, haar vingers stopten hun liefkozing. Hij liet zijn greep vieren en draaide zich om naar hun gluurder, terwijl hij tussen Renee en de camera ging staan. Haar vriendin stond daar in een laag uitgesneden topje, ultrakorte spijkershorts en slippers, haar geblondeerde haar in twee korte vlechten langs haar gezicht. Hij gromde: 'Wat ben je aan het doen?'

'Het moment vastleggen.' Steph keek niet op van haar telefoon terwijl ze iets typte bij de foto.

Hij boog zijn hoofd om haar boos aan te kijken. Foto's waren iets wat hij vermeed, om voor de hand liggende redenen. 'Je moet geen foto's publiceren van mensen die je niet kent.'

Ze keek op met een gemaakte onschuldige blik. 'Oh, we leren je vast wel kennen. Nietwaar, Renee? Trouwens, ik heb die kerel bij het hek gezegd dat hij met zijn camera naar binnen mocht komen.'

'Je hebt wat gedaan?' Zijn handen balden zich tot vuisten. Zijn hoofd voelde naakt zonder zijn hoed en hij zocht op de zandvloer tot hij hem vond. Terwijl hij hem tegen zijn knie afstofte, keek hij haar nijdig aan. 'We zijn hier op de ranch nogal op onze privacy gesteld.'

'Je hebt niets om je voor te schamen, lekkerding. Je bent een prachtstuk van een man!' Ze grijnsde en nam nog een foto van hem.

Tandenknarsend zette hij zijn hoed weer op zijn hoofd en deed een stap in haar richting. Hij was van plan de telefoon uit haar handen te rukken en—

Renees zachte aanraking op zijn arm hield hem tegen. Hij sloeg zijn armen over elkaar en wachtte af wat zijn kleine merrieveulen zou doen.

Renee kwam achter Black vandaan en probeerde haar jagende hartslag te kalmeren. Steph deed gewoon zoals ze altijd deed: de boel overnemen alsof het van haar was. Alleen was de plek dit keer wél van Renee. Dit was Renees terrein, en voor één keer had ze geen geduld voor Stephs gebrek aan respect. 'Steph, niet iedereen wil zijn hele leven op straat hebben liggen.'

'Maak je niet druk, de foto's zijn niet geplaatst. Ik heb hier totaal geen bereik. Wat een gat is dit ook.' Ze stak de telefoon in haar achterzak. 'Ik kwam je vertellen dat we zijn uitgenodigd om te gaan basejumpen! We vertrekken morgenochtend naar Dubai. Laten we die schattenjacht hier snel afhandelen en dan doorgaan.' Ze keek om zich heen alsof de schat elk moment uit een schuilplaats tevoorschijn kon springen.

'Basejumpen?' Renee wankelde even. Steph had het al bijna een jaar over basejumpen. Ze had Renee zelfs overgehaald om een tandemsprong te maken als 'voorbereiding'. Renee had haar enkel verzwikt en had er meer dan een week uit gelegen.

'Er staat daar een gebouw, echt wel een miljoen mijl hoog. Mensen doen het daar aan de lopende band. En als we gepakt worden, kunnen we in de gevangenis belanden.' Steph gilde het uit en trok een gek gezicht van enthousiaste angst.

Blacks diepe stem bromde achter Renee. 'Vind je het spannend om in Dubai in de gevangenis te belanden?'

'Oh, we komen echt niet in de gevangenis terecht. Tenminste, niet voor lang. Ik ken genoeg mensen die me eruit kunnen krijgen.'

'En hoe zit het met Renee?' Zijn stem was hard als ijzer. Renee wist niet zeker of ze zich daardoor ongerust of veilig voelde. Hij nam het voor haar op, maar zijn vijandigheid tegenover Steph was bijna tastbaar.

Steph liep om Renee heen naar hem toe, met een bekende hongerige glinstering in haar ogen. 'Och, wat lief, ik hou van mannen die beschermend zijn.'

'Ik had hem eerst, weet je nog?' gromde Renee zachtjes tussen haar tanden.

Met een snuif draaide Steph zich om en beende naar de staldeuren. 'We hebben trouwens toch geen tijd. Overmorgen moeten we in Dubai zijn. Jamison heeft alles geregeld.'

'Dat is niet genoeg tijd.' Renee slikte, terwijl ze probeerde moed te verzamelen—niet de moed om te gaan basejumpen. Geen sprake van dat ze dat ging doen. Ze had de moed nodig om nee te zeggen tegen Steph.

'Je hebt de papieren toch nog niet getekend, dus alles is hier nog als we terugkomen. Misschien kan je loverboy een vriendje voor mij zoeken terwijl wij weg zijn?' Steph wierp een blik over haar schouder naar Black en tuitte haar lippen voor een speels kusje. 'Kom op, Renee.'

Renee gaf Black een geforceerde glimlach. Aan de stand van zijn schouders zag ze dat hij nog steeds in de verdediging schoot. Het was het beste als ze nu meeging en het met Steph afhandelde. 'Ik hou die rit op dat paard nog van je tegoed.'

Ze haastte zich achter haar vriendin aan en haalde haar in op de grindplaats waar ze de Ford hadden geparkeerd. Steph had de achterklep openstaan en was in een van de koffers aan het graven. 'Ik weet zeker dat ik mijn Louis Vuitton-ballerina's hierin heb gestopt. Die wil ik aan in het vliegtuig.'

'We zijn hier pas net, Steph. Ik wil een paar dagen blijven.' Renee bleef naast de SUV staan kijken hoe Steph verschillende stapels kleding ontvouwde en weer opvouwde, die stuk voor stuk veel te deftig waren voor de ranch.

'Deze sprong is een kans die je maar eens in je leven krijgt.' Steph keek niet op. 'Die wil je niet missen.'

Renee slikte, terwijl haar maag zich omdraaide. 'Ik heb een afspraak met de makelaar. Waarom ga jij niet alvast zonder mij? Misschien kan ik later komen?'

'Gaat dit over het geld?' Steph keek nors. 'Je weet dat ik de kosten voor je voorschiet tot je me kunt terugbetalen.'

'Nee, dat is het niet. Ik wil gewoon die zaak met de ranch afhandelen.'

Steph stopte met het inspecteren van een donkerblauwe mouwloze blouse met lovertjes en keek Renee aan. 'Renee.' Ze smeet de blouse bovenop de open koffer. 'Ga je me nu echt laten zitten, nu ik dit eindelijk voor elkaar heb gekregen? Je weet dat ik hier al maanden op wacht.'

Bij de hoek van de stal zag Renee de schittering van een cameralens toen een paparazzo zijn kans greep. Ze rolde met haar ogen en richtte haar aandacht weer op Steph. 'Je hebt Jamison toch. Bovendien, drie is een menigte.'

'Hij heeft ook een vriend voor jou geregeld. Niet zoals hier, waar ík het vijfde wiel aan de wagen ben.' Ze trok haar neus op als een nukkig kind.

'Ik ben hier niet meer geweest sinds ik acht was, en ik heb nauwelijks nog rondgekeken—'

'Kom op! Het wordt fantastisch! De winkels in Dubai zijn waanzinnig.'

Renee haalde haar schouders op en probeerde het maagzuur dat omhoogkwam te onderdrukken. 'Ik denk dat ik hier blijf.' Zo. Ze had het gezegd.

Steph kneep haar ogen samen, waarbij haar wimperextensions een schaduw wierpen over haar groengespikkelde ogen. Haar blik verschoof naar de stal en weer terug, zonder de cameraman daar ook maar een blik waardig te gunnen. 'Ik snap het al. Je laat me in de steek voor een lul.'

'Wat? Dat zou ik nooit—'

'Hoe noem je het dan?'

Renee slikte de bittere smaak in haar mond weg, terwijl haar bloed nu net zo hard pompte als tijdens het kussen met Black. De waarheid was dat ze inderdaad wilde blijven om te zien waar het met hem heen ging. Bovendien riep de ranch zo veel herinneringen op dat ze voelde dat ze tijd nodig had om alles in zich op te nemen voordat de ranch niet langer van haar was. Black hielp haar daarbij op een manier die veilig voelde. Alsof ze zichzelf kon zijn in plaats van de player die ze moest spelen in de schaduw van Steph. Renee drukte haar nagels in haar handpalmen. 'Ik wil niet gaan basejumpen. Nu niet, en nooit.'

De ogen van haar vriendin sperden zich wijd open en ze deed een halve stap achteruit, alsof ze een klap in haar gezicht had gekregen. 'O. Nou, waarom heb je dat dan niet eerder gezegd?'

Terwijl haar ogen brandden van boze tranen, schudde Renee haar hoofd. 'Ik—jij —' De woorden verstikten haar; het waren er te veel die ze te lang had ingehouden.

Steph reikte uit naar Renee en trok haar in een knuffel. 'Ik weet het al, ik weet het al. Je hebt het net gezegd.' Ze kneep hard in haar armen tot Renee haar handen ophief om haar terug te knuffelen. 'Goed dan. Dan ga ik wel alleen. Ik heb het mijn fans al verteld. Maar verkoop deze plek niet voordat ik terug ben. We moeten nog een schat vinden.'

Renee zakte van opluchting tegen Steph aan, terwijl het schuldgevoel alweer in haar borst begon te knagen en haar aanspoorde om toe te geven. Om in te pakken en weer Stephs schaduw te worden. In plaats daarvan zei ze simpelweg: 'Dank je.'

Steph gaf Renee een dikke kus op haar wang en zei: 'Zorg wel dat je aantekeningen maakt over die sappige cowboy. Ik wil alle details horen.'

Renee gaf haar een wrange grijns. Toen wees ze naar de paparazzo die bij de stal rondslenterde. 'Kun je in de tussentijd je vriendje daar wegsturen?'

Black stampte terug naar de schuur om een hoofdstel voor Petunia te halen. Hij baalde ervan dat hij afhankelijk was van de benen van een gewoon paard om zich te laten dragen, maar hij kon niet transformeren met al die mensen in de buurt. En de kudde moest meteen weten dat er een fotograaf was, voordat een van hen onvoorzichtig werd en vlak bij de schuur van gedaante veranderde. Bovendien bewees de vermelding van een makelaar dat Lori echt een reden had om hem vaart te laten maken met Renee. Projectontwikkelaars zaten Toliman al jaren achter de broek om te verkopen, maar de oude man had standgehouden, vooral vanwege de kudde. Zonder de ranch zouden ze niet langer een kudde kunnen *zijn*.

Of Black nu met Renee trouwde of een andere manier vond om haar te overtuigen het landgoed te behouden, hij moest snel handelen.

Een bons uit de stal waar ze graan en medische voorraden bewaarden, trok zijn aandacht. *Te luid voor een stalkat.* Was een van de jaarlingen van de ranch naar binnen geglipt om weer bij het graan te komen? Hij kon er niet ook nog een paard met koliek bij hebben. Een ongeluk komt zelden alleen. Hij zuchtte en pakte het dichtstbijzijnde hoofdstel voordat hij een kijkje ging nemen.

Om de hoek, bij de planken met veterinaire benodigdheden, stond een man met zijn rug naar de deur. Zijn ontblote bovenlijf toonde de vele littekentjes die hij als leider van de vrijgezellen had opgelopen door beten en trappen tijdens machtsvertoon.

'Oom Saul?'

De donkerharige man draaide zich om, terwijl hij een bebloed stuk gaas vasthield. Een verse, paarsrode kneuzing ontsierde zijn jukbeen.

'Wat is er gebeurd?' Black deed een stap naar voren.

'Ach, het gaat wel. Lori raakte me met een hoef, dat is alles.' Hij ontzag zijn rechterarm en er zat bloed op zijn ribben.

'Deed ze dit vóór of nadat ze je als rijdier aanbood?' Razernij brandde achter in Blacks keel. Gedaantewisselaars boden die eer alleen aan heel bijzondere mensen aan. Zoals zijn grootmoeder en de oude Toliman. Ze hadden de ranch samen gerund alsof ze een oud, getrouwd stel waren en zij had hem vaak als rijdier gediend. Maar dat was haar keuze geweest. Zelfs de Leidmerrie had niet het recht om een ander kuddelid te dwingen als rijdier te dienen.

'Dit had daar niets mee te maken.' Terwijl hij nog steeds zijn arm ontzag, pakte Saul een shirt van een van de haken aan de muur en begon het aan te trekken.

'Wacht. Laat me even kijken.' Black liep naar voren om de snijwond op de ribben van zijn oom te onderzoeken. De scherpe rand van een onbeslagen hoef had een jaap achtergelaten, omringd door blauwe plekken die op gebroken botten konden wijzen. 'Hoe gaat het met je ademhaling?'

'Ik kom er wel bovenop.' Sauls stem verraadde een vleugje pijn, ondanks zijn norsheid. Hij had de neiging om overdreven de alfa uit te hangen, vooral in menselijke vorm. Na tien jaar de andere vrijgezellen te hebben geleid, was zijn positie een punt van trots voor hem geworden. 'Ik moet het gewoon even rustig aan doen.'

'Je bent de leider van de vrijgezellen, niet een of andere ruin.' Black zocht op de planken naar een fles antiseptische spray. 'Ze had het recht niet om dit te doen.'

'Ze betrapte Grant in de canyon nadat ze iedereen had gezegd daar weg te blijven. Ze vloog hem aan zoals ze dat doet. Hij is nog maar een kind, dus ik sprong ertussen. Het ging er een beetje ruig aan toe.'

Black fronste zijn wenkbrauwen. 'Gaat het goed met Grant?'

Saul knikte kortaf.

'Waarom houdt ze de kudde uit de canyon?' De canyon bood schaduw en soms wat water of groen gras tijdens de zomerdroogte. Het was ook een fijne plek om je te verbergen voor de ogen van toeristen en jonge gedaantewisselaars de kans te geven hun menselijke vorm onder de knie te krijgen. Black had vele malen van de relatieve eenzaamheid genoten in zijn centaurvorm.

'Ze zegt dat het vervloekte grond is sinds we daar zowel Gloryanna als de oude Toliman zijn verloren.'

'Ik begrijp het.' Black vond de fles en richtte de spuitmond op de wond van Saul. Toliman had op Blacks grootmoeder—Sauls moeder—gereden toen het ongeluk gebeurde. Het officiële rapport zei dat ijzige rotsen en een pad dat te dicht langs de afgrond liep, ervoor hadden gezorgd dat het oudere paard haar grip verloor, waardoor zowel paard als ruiter hun dood tegemoet stortten. Lori verklaarde dat de oude merrie haar mens een laatste rit had gegeven. Black kon nog steeds moeilijk geloven dat zijn oma onder die omstandigheden op dat pad zou zijn geweest.

Hij was klaar met het wegvegen van het bloed aan Sauls zij en pakte een setje voor snijwonden. 'Je gaat een paar hechtingen nodig hebben.'

'Nee hoor, het gaat wel.' Saul stak een arm in zijn mouw.

'Ik sta erop.' Black keek zijn oom streng aan. 'Op de prairie mag je dan hoger in de rangorde staan dan ik, maar hier binnen ben ik de veearts. Je moet gehecht worden.'

Saul aarzelde en keek Black aan. Na een korte stilte boog hij zijn hoofd als teken van instemming. Hij trok zijn shirt weer uit en ontblootte opnieuw zijn zij. 'Vooruit dan maar.'

Blacks hartslag vertraagde een beetje. Hij haatte deze strijd om de hiërarchie. Hij gaf de voorkeur aan een meer democratische manier van omgaan met zijn soortgenoten. Maar instincten waren sterk en tradities lieten zich moeilijk doorbreken. Hij pakte een steriele naald en kneep de gapende huid bijeen om de eerste hechting te zetten. 'Oom Saul, heb je ooit iets gehoord over een begraven schat hier in de buurt?'

Saul vertrok zijn gezicht toen de naald zijn huid binnendrong. 'Begraven schat? Iets met piraten of zo?'

'Ik weet het niet zeker. Renee—de kleindochter van Toliman—zei dat er in het testament iets stond over een begraven schat.'

Door de lach van Saul moest Black even pauzeren, anders liep hij het risico zijn oom op de verkeerde plek te prikken. 'Ik denk niet dat je grootmoeder die had verwacht.'

'Hè?'

'Toliman wilde zijn kleindochter over ons vertellen, maar het meisje kwam nooit op bezoek. En je kent ons beleid over het op schrift stellen van onze geschiedenis. Gloryanna overtuigde de adviseurs van de kudde om hem een schattig gedichtje in het testament te laten zetten.'

'Dus de schat is… de kudde?'

'Verborgen, niet begraven. En ja, dat geloof ik wel.'

Black trok de hechting strak en knoopte hem af. 'Dan staat Renee een verrassing te wachten.'

'Alleen als ze ons ontdekt.'

'Als Toliman wilde dat ze het wist, moeten we het haar vertellen.'

Saul draaide zich naar zijn neef. 'Lori wil de mensen buiten de zaken van de kudde houden.'

Black bekeek het gezwollen oog van zijn oom. 'Jij bent het hoofd van de vrijgezellenkudde. Wat vind jij ervan?'

Saul trok zijn shirt over zijn hoofd en bromde. 'Het maakt niet uit wat ik vind. Het is een zaak van de kudde.'

De onderliggende boodschap—dat Black geen deel uitmaakte van de kudde en het niet kon begrijpen—stak. Lori's belofte om Black een plek in de hiërarchie te geven voelde als een onmogelijke droom wanneer zelfs zijn eigen oom hem niet kon accepteren. Black hield de naald omhoog. 'Je hebt nog één hechting nodig.'

'Niet, tenzij je wilt dat ik je een trap verkoop.' Met die woorden beende Saul de deur uit.

Die avond hadden Renee en Steph een kampvuur, waarbij ze veel te laat opbleven en veel te veel tequila dronken. Ze ving een glimp op van Black die vanuit de schuurdeur toekeek, maar hij besloot niet bij het vuur te komen zitten, en daar was ze dankbaar voor. Ze wilde hem niet met Steph delen. Er zou morgen genoeg tijd zijn om met haar cowboy te flirten.

Steph wankelde naar bed, snotterig en emotioneel over het feit dat ze Renee achterliet. Renee viel in slaap en droomde over cowboys en avonturen die alleen van haar waren. De volgende ochtend werd ze wakker met een verschrikkelijke kater, maar ze slaagde erin Steph uit te zwaaien voordat ze weer haar bed in dook. Rond het middaguur werd ze weer wakker, plotseling alert op het feit dat ze er alleen voor stond. Niemand anders ging beslissen waar ze heen moest of wat ze moest doen. Het lag allemaal bij haar. Vandaag zou fantastisch worden. Dat wist ze gewoon.

Ze sprong uit bed, rekte zich uit en glimlachte terwijl ze vanuit haar raam op de eerste verdieping over de glooiende graslanden keek. Hittetrillingen lieten de buitenlucht zinderen, wat de dag een droomachtige kwaliteit gaf. Na het douchen trok Renee een lichte kuitbroek aan en een mouwloze top met spaghettibandjes en een applicatie van vergeet-mij-nietjes, met bijpassende sandalen. Ze depte haar gezicht en bracht een dun laagje lippenstift aan, en stapte toen het middagzonnetje in om haar sexy cowboy te zoeken. Flirten met Black voelde als onbekend terrein zonder de dreigende aanwezigheid van Steph.

Ze vond Black in de wei, waar hij weer aan de sproeier werkte, dit keer met een shirt aan. Hij keek op toen ze de grindparkeerplaats overstak. Met wat zij dacht dat een ondeugende glimlach was, opende ze het hek en liep naar binnen, terwijl ze uitkeek voor stenen. Er was een licht briesje opgestoken en de zon wierp lange gouden schaduwen door de graspollen.

'Ik ben klaar voor een ritje.' Ze gaf zichzelf onmiddellijk in gedachten een trap. *Doe niet zo je best.*

Hij bekeek haar van top tot teen met een waarderende blik, waarbij hij op een manier naar haar borsten en heupen staarde waardoor haar toch al rode blos nog warmer aanvoelde. Zijn aandacht dwaalde weer naar beneden naar haar luchtige sandaaltjes. 'Ben je van plan om daarop te gaan rijden?'

'Waarom niet? Ze zijn leuk, toch?' Ze bleef op een paar meter afstand staan en wiebelde met haar glanzend rode teennagels naar hem. Ze wist dat rijden op sandalen een slecht idee was, maar ze was niet van plan indruk op een paard te maken.

'Je draagt tenminste geen ultrakort broekje.' Hij stond op. 'Niet dat ik het erg zou vinden om naar je benen te gluren. Maar dan zou je gegarandeerd schuurplekken van het zadel krijgen. Kom op, ik heb nog wel een paar laarzen in de schuur staan.'

Hij legde een vertrouwde hand op haar onderrug en leidde haar naar de schuur. De aanraking leek energie uit zijn hand te trekken, wat een tinteling over haar heupen en ruggengraat stuurde terwijl ze liepen. Hij glipte een stal in waar allerlei spullen lagen en kwam tevoorschijn met een stoffig paar leren cowboylaarzen.

Terwijl haar zenuwuiteinden protesteerden tegen het verlies van het contact, bekeek ze het schoeisel. Steph had een strikt beleid wat betreft het delen van schoenen; schoenen droegen kalknagels over. Renee wist niet of dat waar was, maar waarom zou ze het risico nemen? 'Ik trek geen tweedehands laarzen aan.'

'Je hebt hakken nodig om in de stijgbeugels te blijven hangen.' Hij hield de laarzen voor haar uit.

Wat zou hij doen als ze haar been stijf hield? Paardrijden kon haar op dit moment niet echt schelen. In een poging schattig te zijn, tuitte ze haar lippen. 'Ik heb een paar naaldhakken in mijn koffer zitten. Die zou ik aan kunnen trekken.'

Zijn ogen vernauwden zich en er verscheen een glimlach om zijn mond. 'Die kun je later wel aantrekken bij je korte broekje.'

Ze bloosde, haar benen werden slap en het tintelende gevoel onder in haar buik leidde haar af.

Die kopbal heb je hem zelf op een presenteerblaadje gegeven. Hij wist verdomd goed hoe hij beelden in haar hoofd moest planten. Zij, op naaldhakken, tegen de stalpost gedrukt terwijl hij het kruis van haar korte broekje opzij schoof om…

Blacks neusvleugels trilden lichtjes en zijn speelse uitdrukking werd intenser. Hij kwam dichterbij en haar hart sloeg een slag over; zijn geur van leer en zoet hooi vulde haar zintuigen. Haar slipje werd vochtig van de hitte. Ze deed een stap achteruit, waarbij haar sandaal achter een pluk hooi bleef haken en ze wankelde. Zijn arm schoot naar voren om haar op te vangen. Een enorme schok van energie trok door haar arm. Ze sloot haar ogen en leunde tegen hem aan, terwijl ze de sensatie over zich heen liet komen.

Tot haar verbazing duwde hij de laarzen in haar handen en deed een stap terug. 'Als je wilt paardrijden, moet je laarzen dragen.'

Ze deed haar ogen open en staarde naar het versleten leer in haar handen. 'Zelfs voor een kort ritje?'

'Je wilde naar de begraven schat zoeken, dus we gaan kamperen.'

Er kwam weer een herinnering aan haar grootvader naar boven, aan nachten slapen onder een hemel die wit was van de sterren, terwijl krekels haar in slaap zongen. 'Ik heb in geen eeuwen meer gekampeerd.'

'Ik heb alle spullen al ingepakt.' Hij draaide zich om naar de rij stallen.

Haar opwinding veranderde in een nieuw soort verwachting, en haar razende hartslag maakte haar duizelig. 'Weet je waar de schat is?'

'Ik heb wel een paar ideeën.' Hij maakte een klakkend geluid met zijn tong en een donkergespikkelde snuit verscheen boven de staldeur. 'Dit is Petunia. Zij is vandaag jouw rijdier.'

Terwijl ze terugdacht aan het eerdere aanbod van Lori, grapte ze: 'Ik rijd binnen de kortste keren op een hengst.'

Black draaide zich langzaam naar haar toe, zijn ogen werden tot mahoniehouten spleetjes en een ondeugende glimlach krulde zijn lippen. 'Dat zul je zeker. En ik ga ervoor zorgen dat je er helemaal klaar voor bent.'

Elke rationele gedachte verdween uit haar hoofd en verzamelde zich met een verzengende intensiteit tussen haar dijen. *Mijn God, hoe deed hij dat?* Ze had de hele dag al flauwe toespelingen gemaakt, en hij bracht haar met één enkele opmerking volledig uit haar evenwicht. *Wat zou Steph doen?* Ze ging steviger staan en tilde haar kin op. 'Die beslissing neem ik zelf.'

Zijn stem werd zijdezacht, diep van belofte. 'En hoe ga je beslissen op welke hengst je gaat rijden?'

Ze slikte terwijl hij naar voren liep en zijn blik in de hare boorde. De welving in zijn spijkerbroek vertelde haar dat hij er klaar voor was, ook al trilden haar knieën nu. Toen hij bij haar was, hield hij halt en gleed zijn blik naar beneden naar haar lippen, hals en borsten. Ze kon nauwelijks ademhalen. Hij bewoog zich zijdelings langs haar heen, zijn ogen verslonden haar. Terwijl hij die ontastbare verbinding in stand hield, bewoog hij om haar heen, zo dichtbij dat ze zijn adem op haar huid kon voelen. Ze draaide haar nek om hem te volgen, terwijl de rest van haar lichaam als aan de grond genageld bleef staan.

Zijn warmte kwam achter haar tot stilstand. Een hand greep haar nek vast, vingers verstrengelden zich in het haar aan de basis van haar schedel. Met een lichte druk boog hij haar hoofd naar beneden en opzij. Warme adem verwarmde haar nek terwijl hij met zijn kin over de ronding van haar schouder streek en met zijn mond haar gevoelige huid volgde. Hij hield stil en zoog aan het zachte plekje tussen haar nek en schouder. Haar rug kromde zich onwillekeurig, waardoor haar billen tegen zijn harde erectie werden gedrukt. Ze had nog nooit in haar hele leven iemand zo erg gewild.

Black draaide haar om in zijn armen, terwijl hij met één hand nog steeds haar nek vasthield. Zijn andere hand kwam rustig op haar heup te liggen. Hij boog zich voorover om tegen haar oor te snuffelen, waarbij elke aanraking van zijn ruwe stoppels vlagen van verlangen door haar buik deed trillen.

Ze slaakte een zacht kreuntje. Waarom voelden haar benen zo verlamd?

Black grinnikte zachtjes bij haar oor; het gebrom trilde door zijn borstkas de hare in. Haar hand rustte plat tussen de perfecte lijnen van zijn borstspieren, en het verlangen om zijn huid te voelen werd haar te machtig. Ze liet haar handpalm zakken en liet haar vingers onder de zoom van zijn shirt glijden. Hij beefde even en zijn adem verliet hem met een sissend geluid toen haar vingers contact maakten met zijn huid. Zijn buikspieren voelden aan als golvend steen, zijn huid was glad en heet. Ze liet haar vingers over de spierbundels naar boven glijden tot ze zijn borst bereikte, en liet ze rusten precies boven zijn hart. De bonzende hartslag onder haar handpalm dreigde haar knieën volledig te laten bezwijken.

Met een zachte grom liet hij haar los en deed een stap achteruit, waarbij zijn vurige blik in de hare gevangen bleef. 'We moeten gaan als we voor het donker het kamp willen hebben opgezet. Ga je tas voor de nacht inpakken.'

Door het verbreken van het contact voelde het alsof alle lucht uit de ruimte was verdwenen. Ze leunde naar voren, zelfs terwijl hij achteruitging. Haar handpalm tintelde nog bij de herinnering aan zijn hartslag. Ze voelde dat het hem veel moeite kostte om zich in te houden. Zijn overduidelijke erectie vertelde haar dat hij er net zomin klaar mee was als zij, en toch hield hij afstand.

Renee schraapte haar keel. 'Wie deelt er nu plaagstootjes uit?'

Hij keek over zijn schouder naar haar, zijn gelaatstrekken gehuld in de schaduw van de rand van zijn hoed. 'Oh, ik beloof je dat ik niet plaag.

Maar ik heb liever geen publiek. We vertrekken over vijf minuten.'

'Publiek?' Verward keek ze om zich heen in de schuur. Er was niemand te bekennen, zelfs Petunia niet, die zich in haar stal had teruggetrokken. Alleen een prachtige goudbruine palomino stond buiten in de paddock naar hen te kijken. Het paard zwiepte met zijn staart en keek hen met een ontzettend intense blik aan, en Renee besloot dat ze het in dit geval wel met Black eens was. Dat paard was beeldschoon, maar ze kreeg er de kriebels van.

Renee verbrak het oogcontact en liep naar het huis om haar tandenborstel te pakken.

*B*lack hield zijn ruin naast Renee en Petunia waar het pad dat toeliet, terwijl hij hen het plateau op leidde. Het gevoel dat Lori toekeek hoe hij Renee verleidde, had hem op scherp gezet en hij deed zijn best om de priemende blik van de leidster van zich af te zetten.

Vóór hen stond de zon laag aan de horizon. Ze reden al bijna een uur en klommen gestaag omhoog naar een van zijn favoriete kampeerplekken. Renee draaide haar hoofd om het droge landschap te overzien, waarbij het oranje zonlicht de punten van haar haar met vuur verlichtte. 'Waar is mijn grootvader gestorven?'

De vraag overviel hem. Hij was sinds het ongeluk vele malen op die plek geweest, proberend voor zich te zien hoe zijn oma had kunnen vallen. Het pad was smal, maar zelfs met Toliman op haar rug was het niet gevaarlijk en er waren genoeg brede stukken om even te pauzeren en te rusten. Soms vroeg hij zich af of ze om de een of andere reden had gerend. Naar iets toe of ergens vandaan, hij zou het waarschijnlijk nooit zeker weten. Hij schraapte zijn keel en wees naar links, in de richting van de canyon. Hij kon de steile afgrond niet zien, maar hij wist dat die daar was. 'Daar ergens.'

Ze hield de teugels in en bracht Petunia tot stilstand. 'Wie heeft hem gevonden?'

'Lori.' Hij bracht zijn paard een paar passen verderop tot stilstand. 'De lijkschouwer stelde vast dat hij op slag dood was. Hij heeft niet geleden.' Zijn stem klonk in zijn eigen oren net een fractie te hoog. Er was geen onderzoek gedaan naar Gloryanna. Als veearts van de ranch had hij zelf een autopsie kunnen doen, maar hij kon het niet over zijn hart verkrijgen om zijn toch al verminkte grootmoeder open te snijden. En niemand scheen bezorgd genoeg om ernaar te vragen.

'Wat deed hij daar?' vroeg ze.

'Iemand zei dat er een jaarling vastzat bij Pearson's Point. Hij en mijn… Gloryanna gingen helpen.'

'Gloryanna?' Renee hield haar hand boven haar ogen tegen de laagstaande zon. 'Was er nog iemand bij hem?'

'Zijn paard. Ze was bijzonder voor hem. Een heel bijzondere dame voor ons allemaal.' Black kreeg een nare smaak in zijn mond terwijl hij hierover sprak. De kudde had het verlies van de Leidmerrie op haar eigen manier gerouwd, door zich te verzamelen voor een galop van oost naar west over het plateau, de zon achterna. Hij had alleen als ruiter kunnen deelnemen, niet als deel van de ren. Hoe afgelegen de ranch ook was, toeristen reden nog steeds over een hobbelig pad over de noordelijke rug van het reservaat om de wilde paarden te bekijken. Beheerders van de wilde kuddes van de overheid kwamen om de koppen te tellen en drijfjachten te houden. Zelfs overvliegende vliegtuigen zouden de afwijkende gedaante van een centaur kunnen opmerken. Daardoor was hij beperkt tot het opzoeken van de kudde in de nacht, waarbij hij aan de rand van de familie-eenheden bleef hangen terwijl ze sliepen, om eventuele roofdieren weg te jagen.

Renee schonk hem een zachte glimlach. 'Je lijkt veel op mijn grootvader, denk ik. Je houdt van paarden.'

Hij zette zijn hoed recht en keek uit over de horizon. 'Ze zijn mijn leven.'

'Ik wou dat ik eerder terug was gekomen om hem te zien.' Haar stem was hoog en ijl, alsof ze tegen haar tranen vocht, en hij baalde ervan dat ze te paard zaten, zodat hij haar niet even kon aanraken om haar te troosten.

'Hij zou blij zijn dat je er nu bent, om voor zijn paarden te zorgen.'

Ze stonden een paar minuten in stilte, terwijl ze naar de canyon keken en de paarden de gelegenheid gaven wat happen gras te nemen. De zon schilderde levendige kleuren over de horizon en het avondbriesje voerde een stoffige, harsachtige geur aan die alleen een bloedhete dag kan achterlaten. Renee spoorde Petunia aan en de spanning verdween uit Blacks schouders. Hij had niet beseft hoezeer de plek hem nog steeds raakte.

Hij stuurde de paarden van het pad af, een geleidelijke helling op die hen naar een plek zou leiden die beschut werd door ponderosadennen en een groep gigantische rotsblokken waar hij als kind had gespeeld. Alsof ze voelde dat de reis er bijna op zat, zette Petunia aan tot een draf, waardoor Renee in het zadel op en neer schudde. 'Hoe lang duurt het nog voordat we het kamp bereiken? Volgens mij krijg ik last van zadelpijn.'

Hij lachte. 'Heb je er spijt van dat je niet met je vriendin bent meegegaan?'

'Ik heb wel wat gekke dingen gedaan, maar met een wingsuit van een gebouw af springen? Nee, bedankt.'

'Nog afgezien van dat hele gedoe met in de bak belanden.' Zijn hart bonsde wat harder bij de gedachte dat zij in de gevangenis zat.

'Ja, een gevangenis in Dubai klinkt niet als een goed plan. Bedankt dat je het wat dat betreft voor me opnam, trouwens.' Ze grijnsde naar hem.

'Ik ben een rasechte ridder op het witte paard.' Hij tikte tegen zijn hoed en wees toen naar verschillende donkere gedaanten die tegen de horizon afstaken. Zijn wilde verwanten waren minder schuw dan gedaanteverwisselaars. 'Wilde paarden.'

'Zijn ze hier buiten allemaal wild?'

'Vrijwel allemaal. Jouw land grenst aan het reservaat. We kunnen daar ginds kamperen.' Hij knikte in de richting van een rotsformatie niet ver daarvandaan, waar hij al vele nachten had doorgebracht.

Ze stuurde Petunia die kant op. 'Hoeveel hiervan hoort bij de ranch?'

'Zo'n honderdtachtig acre. Je opa weigerde er een hek omheen te zetten. Hij wilde het openhouden voor de wilde paarden.' *En de kudde.* Hij brandde van verlangen om het haar te vertellen. Om het haar te laten zien. Maar hij zat hier gevangen op deze ruin in plaats van op zijn eigen benen. Zijn gedachten dwaalden af naar hoe het zou voelen als haar benen stevig tegen zijn schoft geklemd zaten, hij een centaur, terwijl haar borsten tegen zijn blote schouderbladen drukten en ze zich van achteren vasthield. Zijn menselijke lichaam tintelde van verlangen om te transformeren, en de ruin onder hem danste zijwaarts alsof hij de aanstaande verandering aanvoelde.

'Ho, mak aan.' Hij gebruikte de druk van zijn knieën om het dier te kalmeren en drukte de shifter-magie naar beneden.

Petunia was zonder hem verder gelopen, haar hoofd wiegend op het tempo van haar stap. Ze was een fantasieloos beest, maar dat was juist goed voor onervaren ruiters. Zoals Renee en haar prachtige achterwerk op de rug van dat gelukkige paard. De laarzen die onder haar capribroek uitstaken zagen er belachelijk uit, maar dat ging hij haar niet vertellen na de strijd die ze hadden geleverd over het dragen ervan. De ronding van haar blote schouders en haar nek smeekten hem om haar daar te kussen, haar zachtjes te bijten zoals een minnaar doet. Haar heupen tegen zich aan te trekken en haar te laten kreunen terwijl ze op zijn lul reed. Hij had een hele nacht met haar onder de sterren voor de boeg. Hij gaf de ruin een zetje, haalde haar in en passeerde haar in galop. Petunia wist vanaf hier de weg wel.

Hij stopte naast een ponderosaden, steeg af, bond zijn ruin vast aan een van de takken en begon de zadeltassen uit te pakken. De lucht was boven hem lavendelkleurig geworden en lichtstralen prikten door de stoffige lucht boven de alsem. Tegen de tijd dat Renee arriveerde, had hij een picknickkleed uitgespreid en een fles wijn ontkurkt.

Hij stak zijn handen uit om haar te helpen afstijgen, waarbij hij met zijn hand van haar knie over haar dij naar haar heup gleed, eindigend met een brutaal klopje op haar bil. 'Je zit goed in het zadel.'

Ze grijnsde naar hem op. 'Jij bent de expert.'

'Dat ben ik zeker.' Hij liet zijn hand op de welving van haar kont rusten en hield oogcontact zoals hij dat bij een lid van de kudde nooit zou doen. Hij genoot ervan dat hij geen behoefte voelde om weg te kijken, geen behoefte om het spel van de hiërarchie te spelen. Het voelde zelfs alsof ze hem uitnodigde om de leiding te nemen.

Renee trok een gezicht en zwaaide haar been over het zadel. 'Ik kan me niet herinneren dat Cookies mijn kont zo'n pijn deed.'

Omdat haar kont zich op gezichtshoogte bevond, voelde zijn jeans plotseling erg krap aan en hij hield zijn handen net iets langer op haar heupen dan nodig was om haar naar beneden te helpen. Ze draaide zich om in zijn greep en keek hem aan met een ondeugende glimlach. 'Heb je nog cowboyhuismiddeltjes voor me?'

Hij streek een haarlok van haar voorhoofd en liet zijn vingertop langs de ronding van haar oor en de zijkant van haar nek glijden. 'Ik ben bang dat je dit gewoon even moet uitzitten.'

Ze rilde onder zijn aanraking, sloot haar ogen en tilde haar kin op in een uitnodigend gebaar. Hoe graag hij haar op dit moment ook wilde kussen, hij was verstandig genoeg om dat pad nog niet in te slaan voordat het kamp was opgezet. Hij wilde de tijd voor haar nemen, en niet in het donker met een tent lopen te klooien.

Hij streek met zijn lippen in een vederlichte streling over de hare. 'Wat dacht je ervan als jij wat brandhout zoekt terwijl ik de rest opzet? Dan kunnen we daarna verder praten over mijn cowboyhuismiddeltjes.'

Ze opende haar ogen, haar pupillen namen bijna haar hele irissen in beslag, haar lippen in een speelse pruilmond. 'Werk, werk, werk.'

Hij deed een stap achteruit en liet haar passeren, waarbij hij haar lichtjes op haar bil sloeg. Ze slaakte een kreetje en maakte een huppeltje naar voren. 'Oké, oké. Brandhout.'

Hij gunde zichzelf een kort moment om haar wiegende heupen te bewonderen voordat hij zich over Petunia ontfermde, dankbaar dat zij een gewoon paard was en geen gedaanteverwisselaar.

Renee hield de wijnfles omhoog om Black de laatste paar druppels aan te bieden. Ze was er de hele avond al klaar voor geweest om hem te bespringen, maar hij leek het rustig aan te willen doen. Om van haar te genieten. De anticipatie maakte haar alleen maar hitsiger. Alles, van een handpalm tegen haar onderrug terwijl ze vooroverboog om haar slaapplek klaar te maken tot de manier waarop hij zijn vurige blik in het schemerlicht op haar liet rusten, zorgde ervoor dat haar slipje vochtig werd en de hitte langs haar dijen omhoogkroop.

Ze hield de laatste driehoek van de sandwich met geitenkaas en rucola omhoog. 'Dit is luxer dan ik had verwacht van een kampeertrip met een cowboy.'

Hij bestudeerde het vuur door de inhoud van zijn wijnglas heen. 'Toen ik de dierenartsopleiding deed, deelde ik een kamer met een student van de koksschool. Hij nam altijd vreemde restjes mee naar huis en ik was een uitgehongerde student. Ik denk dat ik er een smaak voor heb ontwikkeld.'

'Heb je de dierenartsopleiding gedaan? Dus, ben je een dierenarts?' Ze had hem als een eenvoudig iemand beschouwd, een voorspelbaar type. Maar ze ontdekte langzaam dat Black vele lagen had. Misschien deed hij het daarom wel zo rustig aan.

'Vind je dat moeilijk te geloven?' Hij trok een wenkbrauw naar haar op.

'Nee. Ik bedoel ja. Ik bedoel...' Ze likte over haar lippen. 'Om de een of andere reden heb ik me nooit eerder een cowboydierenarts voorgesteld. Ik dacht dat dierenartsen allemaal doktersachtig waren, met witte jassen en stethoscopen en zo.' Ze had eigenlijk nog nooit een dierenarts ontmoet, voor zover ze zich kon herinneren.

'Ik heb mijn deel van de stethoscopen wel gebruikt. Maar het is nogal lastig om die witte jas schoon te houden als je paardenstallen aan het uitmesten bent.'

Ze lachte. 'Maar je bent hier op de ranch opgegroeid?'

'Ik ben in de stad geboren. Mijn moeder stierf toen ik een baby was en mijn grootmoeder nam me mee hiernaartoe. Sindsdien noem ik dit mijn thuis.'

'Is je oma er nog?' Tot nu toe had ze alleen Black, Lori en de huishoudster Emile ontmoet, maar ze wist dat er ongeveer een dozijn medewerkers op de ranch waren, van wie de meesten al decennia voor haar grootvader werkten.

Black schudde zijn hoofd en keek naar zijn schoot. 'Ze stierf rond dezelfde tijd als jouw opa.'

Renee voelde een steek in haar hart en haalde diep adem. Daar zat ze dan de zielige kaart te spelen met een overleden grootvader, terwijl ze niet eens wist dat de wond van Black net zo vers was. Eigenlijk verser, omdat zijn grootmoeder ook echt een deel van zijn leven was geweest. 'Het spijt me. Dat wist ik niet.'

Hij keek op, een flauwe glimlach verlichtte zijn gezicht. 'Ik herinner me je nog van toen je klein was.'

'Echt waar?' Ze probeerde zijn gezicht in haar

herinneringen naar boven te halen. 'Waarom weet ik niets meer van jou?'

'Ik was een verwaande tiener.' Hij nam een slok wijn en knipoogde naar haar. 'Te trots om met een achtjarig meisje te praten dat alleen maar achter de boerderijkatjes aan wilde jagen.'

'Oh!' Ze lachte. 'Je kunt toch niet zo veel ouder zijn dan ik!'

'Vijf of zes jaar is veel op die leeftijd. Nu niet meer zo.' Hij zette zijn wijn opzij op de deken die ze deelden. 'Het speet me toen je moeder overleed. Ze was goed voor me.'

Renee voelde tranen in haar ogen prikken. 'Het gebeurde zo snel. Het ene moment hielp ze me met mijn huiswerk en het volgende zat ik op een begrafenis. Het was verwarrend. Pa noemde haar kanker een vloek.'

'Kanker is iets duivels.' Zijn ogen stonden zacht in het schijnsel van het vuur.

Ze klemde haar kaken op elkaar terwijl ze dacht aan haar vaders geraas tegen kwaadaardige vloeken, zijn zoektocht naar iemand of iets om de schuld te geven van de dood van zijn vrouw. Als doodsbang klein meisje was ze meegegaan in de razernij en de angst. Maar later was ze zich gaan afvragen of het echte kwaad niet de dood van haar moeder was, maar de manier waarop haar vader zich door het verlies had laten beïnvloeden. 'Geloof je in het kwaad? Ik bedoel echt kwaad?'

Black ademde diep in en ging achterover op de dekens liggen, starend naar de sterren. 'Zonder afgezaagd te willen klinken: er zit in ieder van ons wel een beetje kwaad.'

'Pa beweerde dat de kanker een straf was voor de kwaadaardige spreuken van opa.' Ze keek hem aandachtig aan om te zien wat Black van dat stukje mystiek vond.

Hij snoof. 'Je opa had geen greintje kwaad in zich.'

Ze trok haar wenkbrauwen op. 'Ik dacht dat er in ieder van ons wel een beetje kwaad zat?'

Hij draaide zich naar haar toe en spreidde één arm uit als een uitnodiging.

Haar binnenste trilde; de spanning die de hele avond door haar heen was geborreld, schoot rechtstreeks naar het punt waar haar dijen samenkwamen. Toch had hij het zo rustig aan gedaan dat ze er niet zomaar bovenop wilde duiken. Nog niet. Ze leunde naar voren op handen en knieën en schoof naar hem toe, waar ze stopte om op zijn gezicht neer te kijken.

Hij klemde zijn hand om haar knieën op de deken, als een beschermende halve cirkel. Zijn stem was zacht toen hij zei: 'Nou, als hij het al had, dan heb ik het nooit gezien. Hij was een goed mens. Mag ik je een geheim vertellen?'

Ze knikte. Ze wilde elk diep, donker ding weten dat deze man na aan het hart lag. Om de hartstochtelijke band aan te halen die zich om haar heen had gewikkeld zonder dat ze het doorhad.

'De schat van je grootvader is een onderdeel van deze ranch. Je kunt die twee niet van elkaar scheiden.'

Ze kreeg kippenvel. Ze fluisterde: 'Wat is het?'

Zijn hand klemde zich steviger om haar heup. 'De paarden hier. Zij zijn de schat.'

Ze fronste haar voorhoofd. 'Ik weet dat opa van zijn paarden hield, maar hoe kunnen zij nou een begraven schat zijn?'

Blacks ogen werden donker en hij liet haar los. 'Ik heb te veel gezegd. Meer dan ik mag.'

'Mag? Van wie mag je dat niet?'

Hij wendde zijn blik van haar gezicht af naar de sterren. 'Ga terug naar het testament. Lees het goed. Denk na voordat je de ranch verkoopt. Dat is alles wat ik je kan geven.'

Wat was er hier in vredesnaam aan de hand? Zij en Black waren in de loop van één enkele avond gegaan van ruzie maken over schoenen naar zinderende lust naar een connectie die ze niet kon verklaren. En nu was er ook nog een soort vreemd Nancy Drew-geheim. Had haar vader gelijk over de zwarte voodoo en middernachtelijke spreuken? 'Als er hier iets waardevols is, waarom heeft hij het me dan niet gewoon verteld? Waarom laat hij een cryptisch gedicht achter?'

'Dat kan ik niet met zekerheid zeggen. Ik weet alleen dat hij elk levend wezen op deze ranch koesterde. Hij wilde dat er voor hen gezorgd werd. Daar zou je over na moeten denken voordat je een beslissing neemt.'

Er vormde zich een brok in haar keel, waardoor het lastig was om te praten. Hoe langer ze hier was, hoe minder ze afstand wilde doen van haar erfenis. En van de cowboy die er deel van uitmaakte. Ondanks dat Black zich nu inhield, voelde Renee zich dichter bij hem dan ze zich bij welk mens dan ook had gevoeld sinds de dood van haar moeder.

'Ik kan het me niet veroorloven.'

'De ranch kost je helemaal niets,' zei hij ernstig. 'We hebben het altijd gered.'

'Dat is geweldig, maar ik heb contant geld nodig.' Ze slikte, denkend aan hoe snel het fonds dat haar moeder haar had nagelaten was verdwenen.

'Ben je in de problemen?' Zijn hand klemde zich stevig om haar been.

'Nee,' zei ze. 'Ik heb gewoon… geen geld meer. Die avonturen met Steph kosten een fortuin.'

Een paar hartslagen lang bestudeerde hij haar, terwijl het schijnsel van het vuur over zijn gezicht flikkerde. 'Het lijkt mij dat je die avonturen eigenlijk niet eens zo leuk vindt.'

Ze bloosde. Hij kende haar nauwelijks, maar toch leek hij haar ziel te kunnen lezen. De laatste tijd waren de avonturen een last geworden. Renee dacht er steeds vaker aan om zich op één plek te vestigen. De verkoop van de ranch zou haar weer een paar jaar opbrengen, maar wat dan?

Hij legde een hand op haar schouder en hielp haar om naast hem te gaan liggen, waarbij ze haar wang liet rusten in de holte waar zijn borstspier zijn schouder raakte. Hij sloeg zijn arm om haar heen, trok haar lichaam tegen zich aan en vroeg: 'Wat doe je eigenlijk voor de kost?'

De vraag bracht haar in verlegenheid. Op haar vijfentwintigste had ze nog nooit van haar leven gewerkt. Het fonds van haar moeder had haar als volwassene op weg moeten helpen; haar studie betalen, een huis kopen, wat dan ook. In plaats daarvan had ze het verkwist aan zaken als paragliden, zwemmen met haaien en het feit dat ze niet één, maar twee keer op het laatste moment was teruggekrabbeld bij het stierenrennen. 'Ik zit tussen twee banen in.'

'Wat *wil* je doen voor de kost?' Zijn vingertoppen streelden op en neer over haar ruggengraat, waardoor het moeilijk werd om na te denken.

'Ik hou van koken.' Niet dat haar avonturen met Steph veel tijd overlieten om te koken. 'En ik lees graag.' Daar had ze de laatste tijd trouwens ook weinig tijd voor gehad. 'Vroeger vond ik paardrijden echt geweldig.'

Hij verstijfde. 'Vandaag niet dan?'

Ze liet haar vingertoppen over de contouren van zijn borstkas glijden. 'O jawel. Hoewel mijn achterwerk daar misschien anders over denkt.'

Hij liet zijn hand zakken om haar bil vast te pakken en sprak tegen haar haar. 'Je moet je spieren gewoon weer opbouwen. Ik zou je daarbij kunnen helpen.'

De sintels die in haar kern sudderden, vlamden weer op. De hitte leek al haar gevatte antwoorden weg te branden. 'Vast wel.'

Hij snoof de geur van haar haar diep op. 'Je ruikt heerlijk,' zei hij met een lage, schorre stem.

'Waarnaar?' Haar blik was gevestigd op de groeiende bult in zijn jeans.

Hij rolde naar haar toe en steunde op zijn elleboog om op haar neer te kijken. 'Lenteboomgaarden en een vurige vrouw.'

Ze slikte en hief een hand om de stoppelige lijn van zijn kaak te volgen. 'Dat is nogal een combinatie.'

Zijn vrije hand gleed langs haar ribben en over haar heup en kwam tot rust op haar schaamstreek. Ze ademde scherp in en boog haar rug tegen de harde grond. De hitte van zijn hand door haar capri heen zorgde ervoor dat haar slipje kletsnat werd. Hij schoof een vingertop tussen haar dijen.

'Ik kan ruiken wanneer je me wilt.'

'Zoals nu?' murmelde ze afwezig, terwijl ze haar heupen omhoog tilde om de druk van die vinger op te vangen.

Vlak bij haar gezicht blokkeerde hij het sterrenlicht en nam hij haar lippen tussen de zijne. Het was geen zachte of vragende kus. Hij was veeleisend. Hard en gefocust. De rillingen liepen over haar huid terwijl hij zijn tong tussen haar lippen schoof en haar opeiste. Zijn vingers hielden de druk op haar schaamstreek vast en het gewicht van zijn lichaam over haar heen overmeesterde haar zintuigen. Ze wilde dit, wilde hém. Geen gedoe dit keer. Ze wilde elke centimeter van hem.

Ze zocht bij zijn middel naar de gesp van zijn riem. God, ze was hier zo onhandig in. Wanneer had ze voor het laatst seks gehad? Het maakte niet uit. Ze wilde deze man en ze wilde hem nu.

Hij bracht een zacht, sexy geluid diep uit zijn keel voort en liet haar nog even worstelen voordat hij naar beneden reikte en de riem losmaakte. Ze trok zijn rits naar beneden en schoof haar vingertoppen in de opening, waarbij ze de stevige, ronde eikel van zijn lul vond. Hij slaakte weer een zachte kreun en beet zachtjes in haar onderlip. Zijn buikspieren spanden zich aan terwijl hij zijn broek langs zijn dijen naar beneden duwde.

Hij liet zich tegen haar aan zakken en de harde lengte van zijn erectie dreigde door de dunne stof van haar capri heen te branden. Met zijn ene hand in haar nek trok hij met zijn andere hand haar middel stevig tegen zich aan. Zijn tong streelde haar mond met langzame, ritmische bewegingen, waardoor de kus naar nieuwe hoogten van genot steeg. Hij liet zijn hand over haar ribben glijden en trok de dunne stof van haar tanktop mee omhoog. Ze hief haar armen boven haar hoofd zodat hij het kledingstuk uit kon trekken. Hij wierp de dunne stof ergens de duisternis in en lag toen weer op haar, haar kussend terwijl hij naar achteren reikte om de sluiting van haar beha los te haken.

Koude nachtlucht deed haar tepels verharden, gevolgd door de hete, natte warmte van zijn mond. Voordat ze kon uitademen, had hij de tailleband van haar capri losgemaakt en stroopte hij zowel haar broek als haar slipje langs haar benen naar beneden, waarbij ze de stof met haar blote voeten wegschopte. Ze lag daar naakt in het schijnsel van het vuur, terwijl hij op zijn knieën boven haar zat en naar beneden staarde, zijn ogen over haar latend dwalen. Zijn jeans hing halverwege zijn dijen, waardoor zijn enorme erectie vrijkwam, maar de rest van hem was nog bedekt, wat verkeerd aanvoelde op deze heerlijke, naar seks ruikende avond. Renee schoot overeind en duwde zijn T-shirt over zijn torso omhoog. Haar handpalmen streelden de harde lijnen van zijn spieren voordat hij naar beneden reikte en de zoom vastpakte, de stof bijna van zijn lichaam scheurend voordat hij deze de nacht in wierp om zich bij haar tanktop en capri te voegen.

Hij greep haar vast en wierp haar weer op de dekens, met één hand onder haar heupen. Ze sloeg haar benen om hem heen en spoorde hem aan dichterbij te komen. Zijn mond vond de hare weer en hij zoog de adem uit haar weg met zijn hartstochtelijke kus. Hij schuurde met zijn heupen, raakte haar precies op de juiste plek, terwijl zijn erectie over haar gladde plooien rolde en haar deed trillen.

Zijn lichaam trilde nu ook, een laag geluid rolde diep uit zijn keel. Hij greep haar polsen met één hand en duwde ze boven haar hoofd, terwijl hij kusjes in haar hals plantte tot in de holte van haar nek en schouder. God, wat was hij een krachtige, sexy man.

De stervende sintels van het vuur wierpen schaduwen binnen schaduwen. Black drukte zich in een push-up boven haar omhoog, waardoor ze zijn ongelofelijke lichaam en zijn ongelofelijke kracht kon zien. Zijn borstkas ging heftig op en neer van passie en diepe groeven omlijstten elk van zijn spieren. Zijn ogen hadden een bijna wilde glans. Hij wendde zijn hongerige blik van de hare af en liet zijn aandacht bijna tastbaar over haar lippen glijden, langs haar hals naar de gevoelige toppen van haar tepels. De eikel van zijn lul wachtte direct voor haar ingang en drukte net hard genoeg om haar te plagen met zijn omvang.

Ze bracht een onverstaanbaar gemummel voort en boog haar rug, proberend hem in zich op te nemen.

Met tergende traagheid duwde hij zich in haar, millimeter voor millimeter, haar oprekkend.

'Neem me,' jammerde ze, te trillerig vanbinnen om te schreeuwen. Toen luider: 'Hard!'

Het sexy geluid in zijn keel trilde luider en hij stootte naar beneden, waarbij hij zich diep in haar begroef en zich tegen haar aan perste. Ze bewoog haar bekken tegen hem aan, smachtend naar nog een stoot.

Hij hield de druk vast, zijn hand hield nog steeds die van haar boven haar hoofd gevangen. Ze kronkelde onder hem, zichzelf tot waanzin drijvend. Toen ze zijn gezicht zocht, zag ze daar een grijns. De ondeugende cowboy was haar aan het pesten, haar aan het martelen. En ze vond het heerlijk. Ze vond het heerlijk om aan zijn genade overgeleverd te zijn.

'Meer,' zei ze met een zucht.

Hij trok zich terug om daarna maar heel ondiep weer in haar te glijden, een ander soort plagerij, een ander soort genot. 'Vertel me wat je wilt.'

'Jou. Alsjeblieft. Allemaal. Geef me alles.'

Black stootte naar voren, hard en diep, en ze schreeuwde het uit van genot. O, God, dit was perfect. Zo goed, en hij gleed hard en snel bij haar naar binnen en buiten. Hij beukte met uiterste precisie tegen haar clitoris, steeds weer opnieuw, haar vullend met tintelingen die ze al zo lang niet had gevoeld.

Hij liet haar polsen los en liet zich op haar zakken, huid tegen huid, buik tegen buik. Zijn harde spieren gleden over haar huid en de wrijving voegde nog een extra laag sensatie toe. Had seks ooit zo gevoeld? Een wanhopige behoefte om verder te gaan, sneller, dieper. Om elk stukje van hem te omhullen, niet alleen zijn lul.

Er ontlook iets in haar borst, dat naar buiten straalde als een gloeiende golf. Dit was mystiek. Dit was uniek. Alsof elke cel in haar lichaam in één keer tot leven was gekomen en elke stoot van zijn lul de golf hoger deed stijgen.

Hij duwde haar benen verder uit elkaar, stootte in haar, beukte haar, en ze was er klaar voor. De golf bereikte zijn hoogtepunt en ze had geen enkele controle meer over wat er gebeurde. Ze gilde het uit en greep hem bij zijn haar vast, zich met man en macht vasthoudend.

De diepe trilling in zijn keel barstte uit in iets wilds en instinctiefs. Het geluid spande haar kern aan rond het orgasme dat door haar heen scheurde en stuwde haar naar een explosie van genot die haar bijna het bewustzijn deed verliezen. Black begroef zijn gezicht in haar hals, zijn tanden tegen haar huid, terwijl hij haar nam, elke spier gespannen. Pulserende rillingen stuurden een tweede golf van genot door haar heen terwijl hij zijn warmte in haar spoot. Hij trok zich iets terug en gaf nog een laatste stoot, haar vullend met een genot dat aan pijn grenste terwijl de stromende hitte zich in haar ontlaadde.

Hij zakte boven op haar in elkaar, zijn gewicht grotendeels op zijn ellebogen, terwijl zijn lul in hetzelfde ritme met haar eigen naweeën pulseerde. Hij liet zijn voorhoofd tegen het hare rusten en omhelsde haar stevig. 'Wat gebeurde er net?' vroeg hij.

'Heb je nog nooit eerder een orgasme gehad?' vroeg ze, nauwelijks op adem komend.

Hij deinsde net ver genoeg achteruit om haar in de ogen te kunnen kijken. 'Zeg je dat het voor jou elke keer zo is?'

Als haar verhitte huid nog roder had kunnen worden, dan was dat gebeurd. Maar hij had gelijk. Twee mensen konden niet dichter bij elkaar zijn dan zij nu waren, verbonden bij de heupen, hij diep in haar begraven. En toch voelde het alsof ze zojuist meer hadden gedeeld. Het voelde alsof hun zielen elkaar hadden ontmoet.

Black rolde op zijn zij en nam haar met zich mee. Ze kroop tegen zijn warmte aan, verbaasd over hoe koel de nachtlucht aanvoelde op haar huid. 'Ik... ik weet dat ik altijd stoer praat, maar ik duik niet zomaar met iedereen het bed in. Wat we net deden, dat was... ik weet niet wat dat was. Dat was speciaal.'

'Het is niet eerlijk,' zei hij, terwijl zijn hart te snel klopte onder haar wang.

'Wat is niet eerlijk?'

Hij slikte hoorbaar. 'Relaties.'

Renee ging rechtop zitten, haar hartslag gelijk aan de zijne. Was dat wat dit was? Hadden ze een relatie? Als ze eerlijk was, voelde ze zich nu kwetsbaarder dan ooit in haar leven. Haar speelse geflirt was veranderd in iets diepers dan ze had verwacht. Ze verlangde naar hem om meer dan alleen seks. Ze hadden een connectie gemaakt op een niveau dat ze nooit voor mogelijk had gehouden. Door zijn aanraking voelde ze zich weer levend. Ze was niet langer de schaduw van iemand anders, wachtend op de volgende zet van die persoon zodat ze kon volgen. Deze man gaf haar een gevoel van eigenwaarde. Alsof hij begreep hoe het was om erbij te willen horen, ongeacht de prijs, en hij verwachtte niet van haar dat ze zich als iemand anders voordeed om hem haar leuk te laten vinden.

Ze bedekte haar borsten, plotseling ongemakkelijk onder zijn blik, vechtend tegen het gevoel diep in haar binnenste. *Houd je hoofd erbij, Renee. Het is niet alsof hij heeft gezegd dat hij van je houdt.* Maar hoe moest ze reageren?

Voordat ze de woorden kon vormen, schoot Black overeind. Zijn aandacht leek gericht op de duisternis buiten het kamp, alsof hij iets had gehoord.

'Wat is er?' vroeg ze.

Toen sneed een vrouwenkreet door de nacht.

HOOFDSTUK 8

Black stond in een oogwenk overeind, zijn oren gespitst. Hij had de paarden onrustig horen trappelen, maar had dat genegeerd. Nu wilde hij zichzelf wel voor zijn kop slaan omdat hij zo onvoorzichtig was geweest. Omdat hij zichzelf zo volledig had verloren in de overweldigende seks. Hij boog voorover om Renee overeind te helpen.

Ze stond op en drukte zich tegen hem aan, haar zoete geur vermengde zich met de nachtlucht. Haar stem trilde. 'Was dat een vrouw?'

'Een poema.' Hij gaf haar een geruststellende kneep, liet haar los en liep naar het vuur om het weer op te poken. 'Hij komt niet in de buurt van het vuur.'

Renee scharrelde haastig rond om haar kleren te vinden en trok haar tanktop over haar hoofd. Black rommelde in hun uitrusting en haalde de .45 tevoorschijn die hij ter bescherming bij zich droeg. Hij had hem pas één keer eerder hoeven gebruiken, om een beer te verjagen die te dicht bij de stal was gekomen. 'Ik kan maar beter de paarden gaan halen.'

Terwijl hij naar zijn jeans greep, verscheurde angstaanjagend gehinnik van de wilde kudde de nacht. De kenmerkende hoge kreet van een veulen deed Blacks ledematen trillen. *Nee.* Een kudde shapeshifters of wilde soortgenoten, het maakte niet uit; hij voelde een dwingende behoefte om te beschermen, vooral het jong.

Hij hield Renee het wapen voor. 'Weet je hoe je een geweer moet gebruiken?'

Ze staarde naar het wapen alsof het haar zou kunnen bijten. 'N-nee.'

Terwijl hij het pistool nog steeds vasthield, draaide hij zich om naar het geschreeuw van de kudde. Zijn centaurgedaante rekte de grenzen van zijn zelfbeheersing op, trappelend om losgelaten te worden. Hij pakte Renee bij haar schouder en draaide haar naar het vuur, terwijl hij even twijfelde of hij het geweer zou achterlaten. *Beter van niet.* Een wapen in onervaren handen kon gevaarlijker zijn dan nuttig. 'Je bent hier veilig. Houd het vuur hoog. Ik ben zo terug.'

'Wacht! Ga je daar naakt naartoe?'

De kracht van de gedaanteverwisseling vibreerde onbeheersbaar in zijn binnenste. Hij riep over zijn schouder: 'Het komt wel goed!'

Hij rende het kamp uit en hield de verandering tegen tot hij buiten het schijnsel van het vuur was. Hij kon Renee dit niet laten zien, niet alleen omdat Lori het had verboden, maar ook omdat hij er nog niet klaar voor was om zichzelf bloot te geven. Ze zou denken dat hij een monster was.

De wilde kat krijsde opnieuw, de echo stierf weg terwijl hij zijn prooi opjoeg. Blacks gedaanteverwisseling nam bezit van zijn spieren en botten, spleet zijn benen en verschoof zijn verlengende ruggengraat naar achteren. Hij pauzeerde net lang genoeg om stabiel te staan op zijn nieuwe benen en galoppeerde toen over de door de maan verlichte alsem, zijn hoeven dreunend tegen de droge grond. Zijn bloed brandde van de noodzaak om te beschermen. Hij liet zich door zijn gehoor leiden. De wilde kat was stil geworden. Hij had zijn doelwit bereikt.

Richting de plek van onnatuurlijke stilte galoppeerde Black. Tegen de lucht tekenden zich in het sterrenlicht verschillende paarden af. De vertrouwde, ingezakte rug van Millie stond aan de buitenrand en keek dapper de nacht in. Hij was ervan uitgegaan dat de naburige groep een kudde wilde neven was. Als hij had geweten dat het shifters waren, had hij misschien niet zo snel in de buurt zijn kamp opgeslagen.

Millie hinnikte in zijn richting, om hulp roepend. Hij kwam dichterbij en scande de groep. Millies baby was nergens te bekennen. 'Waar is Ivy-Jane?'

De merrie hinnikte opnieuw en sprong angstig met haar voorhoeven op en neer. Als het niet gevaarlijker was geweest om in menselijke gedaante te zijn, was ze waarschijnlijk terugveranderd. Maar een naakte mens zou net zo smakelijk zijn voor een poema als een hulpeloos veulen. Hij dwong de gedachten aan Renee, alleen in het kamp, uit zijn hoofd. Het vuur zou haar veilig houden. Op dit moment moest hij Ivy-Jane vinden. Hoe was het veulen gescheiden geraakt van haar moeder?

Hij klemde het geweer in zijn rechterhand, blij met de extra bescherming. Zijn centaurbloed beheerste elke zenuw in zijn lichaam en leek zijn zintuigen extra kracht te geven terwijl hij de nacht afspeurde.

Een doodsbange kreet verscheurde de duisternis vanuit de richting van het kamp. Hij moest Ivy-Jane gepasseerd zijn op weg naar de kudde. Hij draaide zich om en sprong over een hoge pol alsem en denderde op het geschreeuw af, terwijl hij zijn eigen stem aan de nacht toevoegde in de hoop het roofdier te verjagen. 'Ivy-Jane!'

Het meelijwekkende gekrijs van het veulen werd luider naarmate hij dichterbij kwam. Een nerveus geritsel van takken aan zijn rechterkant deed hem vaart minderen. In een donkere kuil naast de rotsen worstelde het kleine veulen in een kluwen struikgewas. Boven op de dichtstbijzijnde rots vingen twee gloeiende kattenogen het maanlicht, en Black kon de gebogen schouders van een grote kat onderscheiden tegen de middernachtelijke hemel. Hij hief zijn geweer en deed moeite om in het donker te richten.

En toen verscheen er een klein lichtpuntje van vuur om de steen.

Met een brandend stuk hout hoog boven haar hoofd geheven, sloop Renee langs de poema zonder hem zelfs maar te zien. De poema verlegde zijn blik naar de hulpeloze vrouw en Black had het gevoel dat zijn borstkas op springen stond. 'Renee, pas op!'

Ze draaide zich vliegensvlug om naar de rots, haar gezicht een masker van doodsangst in het flakkerende licht van haar zelfgemaakte fakkel. Een schreeuw, even fel als die van de wilde kat, ontsnapte uit haar keel en ze duwde de fakkel omhoog naar het ineengedoken beest.

De kat deinsde terug, een poot geheven alsof hij de aanval wilde afweren. Toen draaide hij zich om, sprong van de andere kant van de steen en verdween in de nacht.

Blacks beschermingsinstinct dreef hem voort. Zonder na te denken bereikte hij Renees zijde. 'Gaat het? Ik zei toch dat je bij het vuur moest blijven!'

Ze struikelde een paar passen achteruit en staarde op naar hem. Haar mond vormde een perfecte cirkel van schok terwijl haar blik over zijn borst en zijn zwoegende flanken gleed.

De hitte steeg naar zijn wangen toen hij besefte wat ze zag. De hitte steeg naar zijn wangen toen hij besefte wat ze zag. Een monster. Hem als een monster. Tandenknarsend drukte Black zijn emoties weg. Er was geen manier om de schade ongedaan te maken. De gevolgen zou hij later wel aanpakken. Nu moest hij zowel Renee als Ivy-Jane uit de kaken van de poema houden. Hij duwde het geweer in Renees hand. 'Houd dit vast.' Hij baande zich een weg door de taaie takken die het veulen gevangen hielden, brak takken af en ploegde door de bladeren. 'Het is goed, kleintje. Ik ben hier. Het is al goed.'

Hij bereikte het paardje en knielde neer om zijn armen onder haar buik te schuiven, waarbij hij haar slungelige benen uit de grijpende takken bevrijdde. Terwijl hij achterwaarts uit het struikgewas kwam, was hij opgelucht dat Renee nog steeds stond te wachten, hoewel haar provisorische fakkel was opgebrand tot een gloeiend rood kooltje. Hij zette Ivy-Jane op haar benen, maar het veulen slaakte een kreet en zakte onmiddellijk in elkaar.

Black voelde zich misselijk worden. 'Misschien heeft ze een gebroken poot.'

'Wat moeten we doen?' Renees stem sloeg over en trilde en haar ogen bleven op het veulen gericht. Tenminste raakte ze niet volledig in paniek.

Hij moest iedereen terug naar het vuur zien te krijgen voordat de poema zijn moed herwon en de snelste manier was om ze te dragen. Hij knielde neer om het veulen weer in zijn armen te nemen en wierp een zijdelingse blik op Renee. Hij had nog nooit iemand op zijn rug gehad, maar hoe moeilijk kon het zijn? 'Klim erop.'

Zelfs in het donker kon hij de zwaarte van haar geschokte blik voelen. 'W-wat?'

'Die kat kan elk moment terugkomen en ik heb hier twee gemakkelijke hapjes onder mijn hoede. En nu erop.'

Even leek ze te twijfelen. Toen liet ze haar fakkel vallen en drukte die uit in het zand, waarbij ze hem diep erin stak om er zeker van te zijn dat hij gedoofd was. Ze nam het geweer over in haar rechterhand, gebruikte haar linkerhand om zich tegen zijn schouder in evenwicht te houden en zwaaide een been over zijn rug. Toen haar gewicht op zijn ruggengraat rustte, rilde zijn huid van een vreemd soort genot. Maar daar had hij nu geen tijd voor om bij stil te staan.

'Klaar?' vroeg hij.

Hij voelde haar knikken en kwam met een ruk overeind.

Renee klampte zich vast aan Blacks schouders en concentreerde zich liever op de man voor haar dan op het paard onder haar. Wat was hij in hemelsnaam? Ze dacht terug aan haar semester Griekse mythologie op de middelbare school. Een sater? Nee, ze herinnerde zich dat dat een geitman was. *Centaur*. Dat was het. Ze klemde haar knieën tegen zijn zij terwijl hij terug naar het kamp draafde. De rit was minder schokkerig dan op Petunia en ze wist niet of dat kwam doordat hij zijn best voor haar deed of dat centauren van nature gewoon een soepelere gang hadden.

Centaur. Hoe kon zoiets mogelijk zijn? De gedachte flitste door haar hoofd dat hij haar misschien mee hiernaartoe had genomen om te kamperen en iets in de wijn had gedaan. Ze moest wel een levendige hallucinatie hebben. Maar zijn schouder onder haar hand, en niet te vergeten zijn gespierde flanken nu tussen haar benen, voelden heel echt aan.

En er was nog een andere gedachte—tussen haar benen. Ze had net seks gehad met deze man, dit wezen. Een man met een hengst als alter ego. En hoe kon hij het ene moment een man zijn en het volgende moment een centaur?

Ze bereikten het kamp en Black legde het veulen naast het vuur neer. Het arme, kleine ding krulde zich op tot een hoopje en sloot haar ogen, duidelijk uitgeput. Opnieuw knielde Black neer, zijn hoofd gebogen terwijl hij wachtte tot Renee afsteeg. Ze gleed naar beneden en verbrak het contact met tegenzin, ondanks haar verwarring.

Black is niet menselijk. Van het idee kreeg ze slappe knieën. Maar het prachtige wezen dat voor haar knielde, was echt.

Ze begreep er niets van. Maar ze mocht Black graag. Hij was sexy en beschermend en… erg goed in bed. Renee wist zich totaal geen raad met wat er zojuist was gebeurd en zei: 'Nou, vanavond was… spannend.'

Terwijl zijn borstkas zwoegde door de inspanning van het dragen van haar en het veulen, zei hij met klem: 'Waarom ben je niet blijven zitten zoals ik je gevraagd heb?'

'Onze paarden braken los.' Ze wees in de duisternis, haar hart bonsde nog steeds als ze terugdacht aan de denderende hoeven die uit het donker kwamen. 'Ze renden dwars door ons kamp en bijna over me heen. En toen hoorde ik wat Ivy-Jane bleek te zijn, die om hulp riep. Je zei dat de poema niet van vuur hield, dus ik dacht dat ik hem misschien kon afschrikken en het kleintje kon redden.'

Hij kwam met een ruk overeind, zijn hoeven sloegen met doelgerichte kracht op de grond terwijl hij zich naar haar toe keerde. 'Je had jezelf wel kunnen laten doden.'

Ze trok haar schouders naar achteren, haar bloed kookte. Hoe durfde hij boos op *haar* te zijn? 'Ik maakte me zorgen om je. Je rende daar helemaal in je eentje naartoe! Hoe moest ik weten dat je een geheime superkracht had?'

Hij stopte zijn nadering, zijn mond vertrok alsof hij een glimlach probeerde te onderdrukken. 'Een geheime superkracht?'

Ze maakte een gebaar naar zijn slanke benen. 'Hoe noem je het dan? Ik wist niet eens dat er zoiets bestond als een centaur-paard-shapeshifter of hoe je ook heet. Ik heb weleens gehoord van weerwolven, maar een weerpaard? Is dat wat je bent?'

In zijn ogen danste amusement en zijn mond stond iets minder somber. 'Niet precies. Maar er bestaan paardengedaanteverwisselaars. En ik mocht het je eigenlijk niet vertellen.'

'Nou, je hebt het me niet echt verteld, hè?' Ze maakte een weids gebaar, waarmee ze aangaf dat hij naar zichzelf moest kijken.

Black barstte in een gelaten lach uit.

Haar irritatie ebde een beetje weg. Hij was sexy als hij lachte. 'Zijn er meer van jullie?'

Hij klemde zijn lippen op elkaar en keek weg.

Hij zei dat hij er niet over kon praten. Ze vroeg zich af waarom, maar drong niet verder aan. Wat wist zij nu van de magie of wat het ook was dat hem dit liet doen, om dit mythische wezen te zijn? Misschien zou hij wel in een hoopje as veranderen als hij erover praatte. Haar blik vloog naar het uitgeputte veulen. 'Zal ze het redden?'

'Ik weet het niet.' Hij verplaatste zijn gewicht ongemakkelijk.

'Nou, je bent toch een veearts of zoiets? Zie je het dan niet?'

'Ik moet haar van dichterbij onderzoeken, maar dat is lastig in deze gedaante.'

Ze fronste haar wenkbrauwen, verward. 'Kun je niet terugveranderen?'

'Ik… kan het wel. Ik… verander alleen nooit waar mensen bij zijn. Zelfs niet waar mijn kudde bij is.'

'O.' Om de een of andere reden deed die uitspraak pijn. Ze hadden zojuist de meest gepassioneerde, intense liefde bedreven die ze ooit in haar leven had ervaren, en nu wilde hij dit deel van zichzelf niet aan haar laten zien? 'Ik kan me wel omdraaien.'

Ze draaide zich om, sloeg haar armen over elkaar en staarde in de duisternis, terwijl haar hart een beetje kromp door de manier waarop hij haar buitensloot. Het zou haar niet moeten schelen. Het was alleen maar seks, toch? Maar ze had geloofd dat Black haar toeliet, en door dat van hem te accepteren, was ze zelf kwetsbaar geworden. Haar verstand zei dat ze het moest laten rusten, maar haar hart wilde zich aan hem vastklampen, alsof ze een perfecte partner had gevonden in een man van een andere… soort? Was dit wel oké? Hij was niet menselijk. Zou zoiets überhaupt kunnen werken? Haar vagina scheen er in elk geval wel zo over te denken. Stomme vagina.

Een warme hand greep haar schouder en trok haar om, zodat ze hem aankeek. Hij was nog steeds een vierpotig fantoom, dat boven haar uittorende met die sexy, bezwete borst die glansde in het vuurlicht. Ze likte haar lippen, haar eigen borstkas was strak van de angstige gedachten. 'Ik dacht dat je zou veranderen—shiften—hoe je het ook noemt?'

Slierten stof en elektriciteit omringden haar, prikten in haar ogen en tintelden tegen haar huid als bliksem die op het punt stond in te slaan. Ze stak een hand op om zichzelf te beschermen. Door haar tranende ogen heen kromp de schaduw tegen het vuur van een massieve paardenhoogte naar de slechts iets minder massieve menselijke hoogte van Black. Ze wreef in haar ogen met de rug van haar handen en merkte dat ze naar een poedelnaakte Black keek, die recht voor haar stond met ogen die schitterden in het vuurlicht.

Het pantser dat ze om haar hart aan het bouwen was, brokkelde af. Hij had haar toch binnengelaten. Hij had haar laten zien wat hij naar eigen zeggen aan niemand liet zien, zelfs niet aan zijn eigen soort. Ze wilde lachen. Ze wilde huilen. Ze wilde haar vuisten met hulpeloze overgave tegen zijn borst slaan. Hulpeloos omdat ze zich nog nooit zo dichtbij, zo kwetsbaar voor iemand had gevoeld in haar hele leven.

Black draaide zich weg, zijn aandacht nu gericht op het gewonde veulen. Ze liet haar blik rusten op zijn naakte rug. Terwijl hij voor het hulpeloze veulen zorgde, zag hij er zo zelfverzekerd uit, zo krachtig en vol vertrouwen, en tegelijkertijd zo mooi. Ze zou zichzelf bijna kunnen wijsmaken dat die centaur een hallucinatie was geweest. Hoe kon het in hemelsnaam echt zijn? De enige verklaring was magie, en ze had nooit in magie geloofd. Sterker nog, ze had het altijd verworpen en afgedaan als de wartaal van haar vader.

Alles wat ze over de wereld wist, was zojuist ingestort, wat haar duizelig en verward achterliet.

Renee liep naar de vlammen, denkend dat ze misschien een handje kon helpen met het veulen. Het geluid van hoeven in de duisternis deed haar opnieuw abrupt stilhouden. Het gestamp stopte en twee schimmige figuren verschenen in het flakkerende vuurlicht: een iets oudere man met diepliggende, gitzwarte ogen en tatoeages op beide armen, en Lori, haar blonde haar in de war alsof ze net een ritje had gemaakt in een cabriolet. Beiden waren poedelnaakt.

Renees blik flitste heen en weer tussen Black en de nieuwkomers. Betekende dit dat Lori ook een centaur-shifter was? Hoevelen waren er wel niet?

Black stond op om Lori tegemoet te treden. 'Ik heb het haar niet verteld.'

De blondine glimlachte en schudde haar hoofd, terwijl ze haar handen met de palmen naar buiten hield alsof ze hem wilde kalmeren. 'Natuurlijk niet, Black. Maar de aap is nu wel uit de mouw, nietwaar?'

Hij deed een stap in de richting van Renee en plaatste zichzelf tussen haar en de bezoekers in. 'Haar grootvader wist het en heeft ons geheim bewaard. Geef haar een kans.'

Renee schudde haar hoofd. 'Grootvader wist het? Is iedereen op de ranch een centaur?'

Lori liet een zacht lachje horen, haar net iets te parmantige borsten deinden mee op het geluid. 'Natuurlijk niet, schat. Alleen Black hier is gezegend met die afwijking. De rest van ons zijn volbloeden, door en door.'

'Afwijking?' Renees hoofd tolde. 'Ik vond hem er nogal schitterend uitzien.'

'Laat maar, Renee.' Black hield zijn ogen gericht op Lori en de andere man. 'Daar kunnen we het later wel over hebben. Ivy-Jane is gewond. Ik moet haar terug naar de ranch dragen waar ik haar kan verzorgen.'

'Ga dan. Het recht van de sterkste, zeggen ze.' Lori's blik was niet op Black of het veulen gericht. Die was op Renee gericht.

Een ijzige rilling gleed langs Renees ruggengraat.

De vreemde man stapte sierlijk in de cirkel van het vuurlicht. Iets aan hem deed haar aan Black denken. Het licht weerkaatste in zijn ogen met een gloed die bevestigde dat deze mensen niet menselijk waren. Zijn stem was rauw, zijn neusvleugels trilden. 'Ik draag de mens wel voor je, Black.'

Achter hem verscheen een blik van ergernis op Lori's gezicht. Toen keerde haar grijns terug. 'Ik wist wel dat ik een rijdier van je zou maken, Saul. Vooruit dan maar.'

Blacks kaakspieren spanden zich zichtbaar aan in het vuurlicht en Renee liep rood aan toen ze zich

Lori's aanbod herinnerde om vanmiddag een hengst te zadelen. 'Is dit Saul? De hengst die je niet wilde dat ik zou berijden?'

Met een verontschuldigende blik haar kant op zei Black: 'Saul is mijn oom. Hij zal voor je zorgen.'

Renee trok haar wenkbrauwen op. 'Eerder vandaag leek je daar anders over te denken.'

'Nu is het anders,' zei Black.

'Waarom?'

Saul sloeg zijn armen over elkaar, de oranje vlammen weerkaatsten op zijn harde spierbundels. Die vent was gebouwd als een kasteel. 'Nou, u ruikt naar seks, om te beginnen. Seks met mijn neef. Daar begin ik niet aan.'

Afschuw vervulde Renee. Ten eerste het idee dat ze naar seks stonk. Ten tweede dat er een soort onuitgesproken agenda leek te zijn onder deze paardenmensen. Waarom had Lori haar eerder aangeboden om Saul voor haar te zadelen? 'Heb ik hier zelf ook nog iets over te zeggen?'

Lori tuitte haar lippen in een uitdagende grijns. 'Tenzij je hier wilt achterblijven en in je eentje oog in oog met de poema wilt staan, schat, raad ik je aan de hengst te bestijgen die bereid is tussen je benen te komen.'

Renees hart dreigde uit haar borstkas te springen, zo hard ging het tekeer. Lori maakte haar bloednerveus. Maar aan de andere kant, rijden op een vreemde hengst-shifter klonk ook niet veel beter. Wat moest ze doen? Hun rijdieren waren weggerend en ze had geen idee hoe ze in haar eentje moest terugkomen, laat staan in het donker. 'Kan Ivy-Jane niet wachten tot de ochtend?'

Black schudde zijn hoofd. 'Ze heeft medische hulp nodig.'

Een blik op het veulen vertelde Renee dat het waar was. De vaalgekleurde flanken van het paardje trilden ondanks de warme nacht en de hitte van het vuur. Renee haalde diep adem. 'Oké, Saul. Laat maar zien wat je in huis hebt.'

HOOFDSTUK 9

adat ze Renee vlak buiten de stal hadden afgezet, leken de gedaanteverwisselaars haar bijna te zijn vergeten in hun haast om het veulen te verzorgen. Ze was stilletjes naar haar kamer geglipt om wat tijd te vinden om na te denken, weg van het gekrijs van poema's, denderende hoeven en magische wezens die de stoutste dromen van elk meisje over een pony te boven gingen. Nu, in het vroege ochtendlicht, strompelde Renee het huis uit met een thermosbeker koffie in de ene hand en haar telefoon in de andere. Haar binnendijen deden pijn van het ongewone paardrijden van gisteren—in beide opzichten. Het erf was stil vanochtend. De spanning van de vorige nacht was gedempt door de dauwige ochtendlucht.

Terwijl de kiezelstenen luid knarsten onder haar geleende laarzen, liep ze naar de stal. Een trillend verlangen om Black te zien deed haar maag samentrekken, en niet alleen om antwoorden op haar vragen te krijgen. Ze was bang voor hem, maar niet om de redenen die anderen misschien zouden denken. Centauren en gedaanteverwisselaars? Die waren gaaf. Haar angst zat dieper. Black had iets in haar geraakt. Hij speelde geen spelletjes zoals de mannen die ze met Steph ontmoette, en hij leek te begrijpen wat het verlies van haar grootvader voor haar betekende. Ze had zelfs even gespeeld met de gedachte dat wat zij hadden, iets unieks was. Liefde was een sensatie die ze hartstochtelijk had vermeden, en toch stond ze hier nu, klaar om te vallen als ze ook maar één stap vooruit zou zetten.

Maar Black was een mythisch wezen. Dacht hij überhaupt wel als een mens? Ze had via Google geprobeerd informatie te vinden over centauren en gedaanteverwisselaars, maar het bereik op de ranch was haperig en ze kreeg nauwelijks webpagina's geladen. Grootvader had blijkbaar geen computer gehad, laat staan wifi.

Black leek te denken dat hij een soort misvormd monster was. Het enige wat Renee zag, was een man met een superkracht die hij gebruikte om haar en een veulen te beschermen tegen een vreselijk roofdier. De verbondenheid die ze gisteravond hadden gedeeld, zat in haar bloed als een drug. Haar binnendijen tintelden van de herinnering, de botten daaronder pijnlijk door meer dan alleen de lange rit te paard. *Ik wil wel een cowboy berijden...*

Ze verstijfde voor de open staldeur, terwijl de stoom van haar koffie in haar gezicht sloeg als een een koude douche. Ze had duidelijk wat ruimte nodig, anders zouden haar hormonen haar de waanzin van gisteravond misschien doen vergeten. Als ze naar het dorp ging, kon ze een coffeeshop met wifi zoeken en een beetje onderzoek doen. Er goed over nadenken voordat ze er nog dieper in verzeild raakte.

Ze draaide zich om en staarde naar de lege grindparkeerplaats tussen het huis en de stal. Steph had de huurauto meegenomen toen ze vertrok. Renee had zich daar toen geen zorgen over gemaakt, ervan uitgaande dat Black of iemand anders haar wel naar Missoula zou kunnen brengen voor een vlucht naar huis. Nu zat ze hier alleen gestrand, omringd door wie weet hoeveel gedaanteverwisselaars, zonder eigen vervoer.

Haar blik dwaalde af naar een kleiner gebouw dat ze zich herinnerde als een machineloods uit haar jeugd. Grootvader had daar een tractor staan voor het slepen van hooi en het harken van de weide. *Ga je met een tractor naar het dorp?* Ze grinnikte om het idee. Maar misschien had hij daar nog een auto of iets dergelijks staan om voorraden uit het dorp te halen.

Ze duwde tegen de zijdeur om die open te krijgen en ging naar binnen. Het donkere gebouw rook naar oude olie, metaalvijlsel en stof. Ze liet de deur op een kier staan om licht binnen te laten en liep langs een oude John Deere-tractor en een keurig geordende werkbank. In de achterste hoek stond een gehavende Chevy-pick-up met de sleutels in het contact. *Bingo.*

Nadat ze haar koffie op de motorkap had gezet, worstelde Renee met de garagedeur, besefte dat hij op de grendel zat en kreeg hem eindelijk open. De ochtendlucht stroomde naar binnen alsof het gebouw zijn adem had ingehouden. Ze snoof diep, genietend van het zonlicht dat de verre boomtoppen schilderde en het flauwe gezang van vogels. Ondanks de opwinding van gisteravond voelde deze plek vredig aan. Beschermd. Speciaal. Ze zag zichzelf hier wel een thuis opbouwen. Misschien met Black.

'Je bent vroeg op.' De stem van Lori deed haar opschrikken bij de zijdeur van de schuur. Haar sieraden waren weer op hun plek, tot aan de Montana-gesp die het grootste deel van haar platte buik bedekte.

De ijskoude rilling die Renee gisteravond had gevoeld, keerde terug en kroop langs haar ruggengraat omhoog. 'Jij ook.'

Lori slenterde dichterbij, bleef bij de open garagedeur staan en leunde met één schouder tegen de post. Ze kruiste de ene laars over de andere, met haar duimen achter haar riem gehaakt. Haar blik deed Renee denken aan een huiskat die een vogel gadesloeg. *Dat maakt mij de vogel...*

Na een hartslag van ongemakkelijke stilte vroeg Renee: 'Hoe is het met Ivy-Jane?'

Lori wuifde met een gemanicuurde hand. 'Black heeft het onder controle. Hij heeft een gave. Maar goed, dat weet je al.'

Het bloed steeg Renee naar het hoofd en ze draaide zich om om haar koffiebeker te pakken. De seks met

Black was overweldigend geweest, bevredigend op een manier die ze nooit had verwacht of eerder had ervaren, en een groot deel van haar nam het anderen kwalijk dat ze het leken te willen kleineren—eerst Saul, en nu Lori. Ze besloot de onschuld te spelen. 'Hij lijkt me een erg goede dierenarts.'

Alsof ze haar niet had gehoord, ging Lori verder. 'Vrouwen zoals jij komen en gaan. Maar Black is speciaal. Ik kan niet toestaan dat je zijn hart breekt.'

Renees verlangen om aardig te blijven brandde weg als een flits buskruit. Ze draaide zich om, met een beklemd gevoel op haar borst. Welk recht had deze vrouw om over haar te oordelen? 'Ik kreeg niet bepaald de indruk dat je Black zo aardig vond.'

Lori haalde haar schouders op. 'Ik heb de plicht om mijn kudde te beschermen. Of ik ze nu aardig vind of niet.'

'Nou, *ik* vind hem toevallig wel aardig, dus je kunt gewoon ophoepelen en je met je eigen zaken bemoeien.' Renees bloed kookte. Deels omdat Lori haar tegen de haren in streek, en deels omdat ze niet wilde toegeven dat ze Black echt leuk vond. Heel erg leuk.

Lori hief haar handen voor zich op, de palmen naar buiten gekeerd. 'Het is niet nodig om me aan te vallen. Ik kom alleen op voor de mijne. Je grootvader begreep dat.'

Renees drang om in de Chevy te springen en over dat mens heen te rijden streed met haar behoefte aan antwoorden. 'Als grootvader van de gedaanteverwisselaars afwist, waarom heeft hij me dat dan niet verteld?'

'De enige schuilplaats voor de kudde is deze ranch en je grootvader gebruikte onze afhankelijkheid in zijn voordeel. Hoe denk je dat hij deze plek draaiende hield zonder een cent loon te betalen? Al moet ik hem nageven dat hij zijn belofte aan Gloryanna is nagekomen.'

Fronsend keek Renee uit over de lege parkeerplaats en de stille ochtendweiden, alsof ze daar het antwoord zou kunnen vinden. Ze had er niet bij stilgestaan hoe alles was blijven doorlopen in de tijd sinds de dood van haar grootvader. Financiën waren nooit haar ding geweest. 'Wat zeg je nu eigenlijk? Dat jullie slaven zijn?'

Lori's gezicht vertrok in een spottende grijns. 'Hoe noem je een werknemer die niet betaald krijgt?'

Renee klemde haar kaken op elkaar en weigerde in Lori's val te trappen. 'Vrijwilligers. Niemand dwingt jullie om hier te blijven.'

'Ah, daar hebben we haar. De kleindochter van de oude Toliman.' Lori's lip krulde op. 'Je maakt jezelf wijs dat het bewaren van het geheim van de kudde de uitbuiting van haar leden rechtvaardigt.'

'Dat heb ik nooit gezegd.' Renee balde haar handen tot vuisten langs haar zij.

Lori's gezicht werd ernstig. 'Bewijs het dan. Sluit je bij ons aan.'

'Hoe?'

'Trouw met Black.'

Renee deed een stap achteruit en schudde haar hoofd, onzeker of ze het wel goed had gehoord. Trouwen? In wat voor fantasiewereld leefde deze vrouw? Maar ja, in wat voor fantasiewereld waren centauren en gedaanteverwisselaars echt? Black was iets anders dan menselijk, iets meer. Wie wist wat de regels waren in deze krankzinnige versie van de werkelijkheid? En ze *had* erover gefantaseerd om samen met hem een thuis op de ranch op te bouwen. 'We hebben elkaar pas twee dagen geleden ontmoet.'

'Tijd is betekenisloos.' Lori trok een wenkbrauw op. 'Bewijs dat je ons als gelijken beschouwt.'

'Ik hoef niet met iemand te trouwen om diegene als een gelijke te beschouwen.'

Lori glimlachte. 'Luister, ik weet dat je Black leuk vindt. En hij vindt jou overduidelijk ook leuk. De waarheid is dat hij nooit echt deel zal uitmaken van deze kudde, ook al is hij de kleinzoon van Gloryanna. Ik probeer hem te beschermen.'

Renee fronste, niet gediend van Lori's ondertoon. 'Waarom? Omdat hij anders is? Wat ik hieruit opmaak, is dat *jij hem* niet als een gelijke beschouwt.'

Verwarring gleed over Lori's gezicht, maar ze herpakte zich met een blik van medelijden. 'Ik respecteer zijn toewijding aan de kudde. Het is alleen zo dat de kudde erg kritisch is wat bloedlijnen betreft. Er zijn er nog maar zo weinig van ons over, we moeten kieskeurig zijn met onze voortplantingspartners.'

'Ten eerste ben ik geen *voortplantingspartner.*' Renee stapte op de lange vrouw af, ook al moest ze tegen haar opkijken. 'En ten tweede is er helemaal niets mis met Black. Hij is perfect zoals hij is en je bent een dwaas als je dat niet inziet. En nu excuseer je me, ik ga bij Ivy-Jane kijken.'

Terwijl ze de vrouw opzijduwde, stampte Renee de garage uit, alle gedachten over het verlaten van de ranch verdwenen.

HOOFDSTUK 10

Black schrok wakker van het dichtslaan van de zijdeur van de stal. Kleine, boze voetstappen liepen in een rechte lijn naar de ziekenboeg van Ivy-Jane. Hij zat op een strobaal net buiten de open staldeur met zijn rug tegen de muur en zijn ogen gesloten. Hij had Renee maar niet uit zijn hoofd kunnen krijgen, zelfs niet terwijl hij Ivy-Jane verzorgde en Lori's verwijten over het onthullen van zijn ware aard had moeten incasseren.

De geur van kersenbloesem van Renee vulde de lucht en de voetstappen verstomden. Hij voelde haar energie terwijl ze daar naar hem stond te kijken. Was ze bang voor hem? Hij kon het haar niet kwalijk nemen. Toch rook hij geen angst naarmate de stilte langer en langer duurde. Hij rook de rijke geur van opwinding. Hij liet haar nog zeker zestig seconden kijken voordat hij laconiek zei: 'Goedemorgen, zonnetje.'

Ze slaakte een geschrokken kreetje en fluisterde toen: 'Is dat een soort zesde zintuig van gedaanteverwisselaars: weten wanneer iemand naar je kijkt?'

Hij ging rechtop zitten met een slaperige grijns op zijn lippen. Millie en het veulen sliepen vlak bij de staldeur, dus hij hield zijn stem laag terwijl hij opstond. 'Je liep nou niet bepaald op kousenvoeten toen je hier binnenkwam.'

'O. Ja.' Renee schraapte haar keel en verlegde haar blik naar de open deur. Haar gezicht was rood aangelopen en haar schouders gingen op en neer alsof ze had gerend. 'Hoe gaat het met de kleine?'

Hij klopte het hooi van zijn jeans terwijl hij bij de stal vandaan liep. Hij droeg nog steeds geen shirt, maar hij voelde zich het meest naakt zonder zijn hoed, die nog op de kampeerplek lag. 'Haar been is alleen maar verstuikt. Over een dag of twee loopt ze weer rond.' Hij plukte een kriebelend strootje uit het haar in zijn nek. 'Ik maak me meer zorgen over haar mentale trauma.'

'Daar kan ik me wel in vinden.' Renee beet op haar lip.

Black voelde hoe hij fronste en probeerde zijn gezicht in de plooi te trekken, wat niet erg lukte. Er viel zoveel te bespreken nu het geheim uit was. Maar hij wist niet waar hij moest beginnen. 'Dit is niet de manier waarop ik wilde dat je erachterkwam.'

Renee schudde haar hoofd. 'Ik begrijp nog steeds niet waarom grootvader het me niet kon vertellen.'

Black keek achterom naar Millie. Ze lag in menselijke gedaante onder een deken met zigzagpatroon naast Ivy-Jane, met één hand op de schouder van het veulen en haar lange, doffe grijze vlecht slap in het hooi achter haar. Haar borstkas bewoog in het gestage ritme van de slaap, maar het zou hem niet verbazen als ze meeluisterde. Lori had het verbod op praten over de kudde niet opgeheven, maar Renee wist al zoveel. *Genoeg om gevaarlijk te zijn,* zoals Lori het gisteravond had verwoord. Nou ja, er was geen weg terug. Het geheim was eruit. De enige weg was nu vooruit, toch? Met of zonder Lori's goedkeuring. Bovendien was dit geheim net zo goed van Black als van haar. Misschien zelfs meer, omdat hij nog meer te verbergen had.

Hij stapte naar voren, pakte Renee bij haar arm en leidde haar weg bij de stal vandaan, naar de piramide van balen aan het einde van de schuur. Het losse stro op de vloer prikte aan zijn blote voeten. Hij liep naar een nis waar hij zich soms terugtrok om zijn niet-kuddeachtige behoefte aan privacy te bevredigen. 'Vraag me wat je maar wilt.'

Ze keek om zich heen, maar verzette zich niet tegen zijn leidende hand. Hij ging op een plateau van balen zitten dat hij met een paardendeken had bedekt, trok haar zachtjes naast zich neer en probeerde zijn teleurstelling te verbergen toen ze ervoor koos om een paar handbreedtes afstand tussen hen te bewaren.

Ze friemelde met haar vingers in haar schoot, haar blik op hem was gereserveerd. 'Lori wil dat ik bewijs dat ik jullie geen kwaad wil doen.'

Zijn ooglid trok. Natuurlijk was Lori op pad geweest om Renee vanochtend te onderscheppen voordat hij dat kon. Wie wist wat voor leugens die heks Renee al had verteld over de kudde? 'Blijf bij haar uit de buurt, oké?'

'Waarom?'

'Ze bijt. Echt waar. Alsjeblieft, blijf gewoon uit haar buurt.'

Tot zijn opluchting knikte Renee. 'Oké, ik zal het proberen. Maar ze is nogal een dwingend type, nietwaar?'

Dat deed hem grinniken. 'Dat is één manier om het te zeggen.'

'Ze zei dat je de kleinzoon van Gloryanna bent. Was dat niet de vorige kuddeleidster?'

Hij knikte.

'Dus ik neem aan dat ze je haat omdat je, zeg maar, een prins bent of zo? Een bedreiging voor haar leiderschap?'

'Een prins? Nee, we hebben geen adelstand. Ik ben maar een halfbloed. En bovendien wordt de Leidmerrie gekozen door middel van een stemming.'

Haar neus rimpelde in een schattige frons. 'En ze hebben Lori gekozen? Waarom?'

'De kudde respecteert Lori's kennis van de buitenwereld.' Zijn zorgvuldig geformuleerde antwoord was het product van een leven lang ingebakken respect voor de rangorde, maar liet een bittere smaak achter in zijn mond.

Renee rolde met haar ogen. 'Ik denk niet dat ze zoveel weet als jij haar de eer ervoor geeft.'

'Lori werd als veulen gevangen en zadelmak gemaakt zoals andere tamme paarden, wat vernederend is voor een gedaanteverwisselaar. Toen haar eerste transformatie haar overviel, ontsnapte ze en leefde ze op straat tot ze ons vond. Ze heeft jarenlang tussen de mensen verborgen gezeten, haar ware aard verhullend, en zo over hun gewoonten geleerd.'

'Ze wist niet hoe ze bij haar familie terug moest komen? Wat triest.'

'De manier waarop zij het vertelt, wekt geen medelijden op. Ze is hard—harder dan de meeste paarden—en niet bang om op te komen voor wat ze wil.' Of om haar wil aan anderen op te leggen, dacht hij. 'De kudde was een chaos nadat oma stierf. Lori stapte naar voren, nam het over en niemand heeft ooit geklaagd.'

'Dus als Lori niet bang is dat jij haar leiderschap overneemt, waarom behandelt ze je dan zo slecht?'

Black haalde zijn schouders op. 'De kudde tolereerde me altijd omwille van oma. Maar ik ben anders. Misvormd.'

'Je bent niet misvormd.' Ze trok zich terug om hem aan te kijken, met één opgetrokken wenkbrauw. 'Ik heb gehoord van centauren in de Griekse mythologie. Ik heb nog nooit gehoord van paardengedaanteverwisselaars. Zíj zijn degenen die misvormd zijn. En bovendien, zijn jullie in menselijke vorm niet allemaal hetzelfde?'

Hij glimlachte, haar pit waarderend. 'Jawel, maar met de paardenvorm bepalen we de rangorde. Terwijl de rest van de kudde dag en nacht samen kan zijn, als paard en als mens, kan ik dat niet omdat een buitenstaander me zou kunnen zien. Ik krijg nooit de kans om voor mijn plek in de rangorde te vechten.'

'Maar je zou als mens kunnen opklimmen. Je bent nota bene een dierenarts. Dat moet je toch net zoveel aanzien geven als Lori. Waarom hebben ze je niet gekozen?'

Hij schudde zijn hoofd. 'Behalve dat ik een centaur ben, ben ik een man. Hengsten kunnen de kudde niet leiden, niet zoals de Leidmerrie dat doet.'

'Waarom niet?'

'Biologie, denk ik.' Zuchtend probeerde hij te formuleren hoe hij de hiërarchie van de kudde moest beschrijven. 'De kuddesamenleving is een beetje als een schaakspel. De koningin is het machtigste stuk. De kuddehengst—de koning—heeft maar beperkte macht.'

Renee keek een paar hartslagen naar haar handen voordat ze zijn blik weer ontmoette. 'Je zei dat je een halfbloed bent. Betekent dat dat je voor de helft mens bent?'

Hij had het kunnen weten dat ze dat zou vragen, maar om de een of andere reden was hij er niet klaar voor. Meestal zaten er verborgen stekels aan zulke woorden wanneer iemand over zijn afkomst begon, en hij vond het moeilijk om zijn automatische afweerreactie op haar volkomen onschuldige vraag te onderdrukken.

'Het spijt me.' Ze schoof dichterbij en leunde met haar wang tegen zijn biceps. 'Dat was onbeleefd. Ik had het niet moeten vragen.'

Het contact deed zijn instinctieve schild verdampen en verving het door een golf van emotie in zijn borst die hij niet kon omschrijven, maar die ervoor zorgde dat hij tegen haar nek aan wilde kruipen en diep haar geur in wilde ademen, bij voorkeur met zijn lul stevig in haar vochtige hitte. Hij nam er genoegen mee een arm om haar heen te slaan en haar dicht tegen zijn blote borst aan te trekken. 'Het spijt me niet. Het is een volkomen eerlijke vraag. En ik wil het je vertellen.' Hij legde zijn kin boven op haar hoofd en bleef even zo zitten. 'Ik… ik moet bij het begin beginnen. Bij mijn moeder. Oma zei dat mijn moeder meer wilde dan een afgelegen ranch haar kon geven. Ze wilde terug naar de nomadische wortels van de kudde. Dus vertrok ze. De kudde was op dat moment nog niet zo lang hier op de ranch, maar dat is een ander verhaal.'

Renee verzette zich een beetje, haar wang draaiend zodat ze omhoog naar zijn gezicht kon kijken terwijl hij sprak. Een hand gleed omhoog om met haar handpalm op zijn hart te rusten. Het contact met haar zachte huid was als een lasso om zijn ziel.

Hij legde zijn vrije hand over de hare, sloot zijn vingers om de hare en praatte verder. 'Mijn moeder hield contact, stuurde ansichtkaarten uit steden door het hele land, ze is zelfs in Alaska geweest. De brieven stopten plotseling zonder reden. Je grootvader hielp mee zoeken, geloof ik, huurde een rechercheur in om haar op te sporen. Zonder succes. Mijn moeder was verdwenen. Toen, een paar jaar later, belde een ziekenhuis in Chicago met slecht nieuws. Of zoals oma graag zei, wonderbaarlijk nieuws.' Zijn borst deed pijn bij de herinnering aan de stem van zijn oma in zijn oor terwijl hij als kind op haar schoot zat en hij klemde Renees hand nog steviger vast. 'Mama was bevallen van een gezonde babyjongen. Ze had de artsen met haar laatste adem de naam van de ranch verteld.'

'O, Black!' Renee trok haar hand los en sloeg beide armen om zijn middel, waarbij ze hem stevig vasthield.

'Dat was de enige keer dat oma ooit de ranch heeft verlaten. Om mij op te halen.' Hij schraapte zijn keel. 'Maar om terug te komen op je vraag—we hebben geen flauw idee wie mijn vader is. De logische aanname is dat ik half mens ben.'

Renees schouders gingen op en neer bij een diepe zucht, terwijl haar vurige omhelzing stevig om zijn middel bleef. 'Ik kan uit persoonlijke ervaring zeggen dat er niets mis is met het feit dat je menselijk bent.' Haar adem was warm tegen zijn borst. 'Je bent ontzettend sexy.'

Een lach borrelde in zijn borst op en rolde in een onverwachte ontlading uit zijn mond. Hoe kon ze hem met zo weinig woorden zo compleet laten voelen? 'Sexy, hè?'

Renee verslapte haar omhelzing iets, haar vingers kietelden over zijn blote huid en ze mompelde tegen zijn borst: 'Ongelooflijk.'

'Mijn centaurvorm schrikt je niet af?'

Ze duwde hem achterover op de deken. 'Mmm. Dat maakt je alleen maar sexier. Ik hou van paardrijden.'

De ruwe deken zakte weg in het stro onder zijn schouderbladen. Hij reikte om haar heen en streelde haar onderrug, zijn vingers glijdend in de opening tussen haar shirt en haar jeans. Haar hartvormige gezicht toonde een ondeugende grijns terwijl haar handpalm over zijn buik gleed, naar beneden naar zijn gulp. Zijn lul kwam tot leven bij haar aanraking, de geur van haar opwinding mengde zich met de geur van schoon stro. Hij krulde zijn vingers om haar nek en trok haar naar beneden voor een kus. Haar mond opende zich voor hem en zijn tong verstrengelde zich met de hare in een dans.

Haar hand op zijn gulp omsloot en masseerde zijn ballen terwijl haar mond zijn bloed deed koken. Hij reikte achter haar en greep haar in spijkerbroek gehulde billen vast, zijn vingers glijdend in de plooi tussen haar benen terwijl hij haar achterwerk bevoelde. Ze kreunde en spande haar billen aan, terwijl ze haar heupen tegen hem aanduwde. Zijn lul zwol weer op als reactie. Hij gromde; hij wilde de controle hebben. In één vloeiende beweging tilde hij haar van zich af en rolde hij over haar heen, rustend op zijn ellebogen boven haar. Hij gaf haar geen kans om te klagen, maar claimde haar mond opnieuw, zijn lippen tegen de hare drukkend en zijn tong naar binnen schuivend, haar zoete adem proevend bij elke inademing.

Hij wilde haar huid voelen, elke centimeter van haar prachtige lichaam verkennen. Hij schoof één hand onder de zoom van haar shirt. Haar huid gleed als satijn onder zijn ruwe handpalm tot hij bij haar beha kwam en de vulling daarvan omsloot. Die moest uit. Behendig gleed hij met zijn hand naar haar rug en klikte het kledingstuk open, waarna hij zijn weg onder het elastiek terugvond naar haar borst. Haar tepel was hard en wachtte op hem. Terwijl hij het zachte vlees kneedde, rolde hij het knopje tussen zijn vingers.

Met kleine, hijgende ademteugen friemelde ze aan zijn middel, proberend de knoop los te maken. 'Nee,' zei hij tegen haar lippen, terwijl hij haar hand met de zijne greep en tegen de deken pinde. Hij wilde haar laten klaarkomen met alleen zijn handen en mond. Hij wilde dat ze zich aan hem overgaf en hem zou smeken voordat hij haar bestijgen zou. Hij wilde er echt in geloven dat ze hem wilde.

Hij greep haar andere pols en bracht beide handen boven haar hoofd. Haar polsen waren zo klein en tenger dat hij ze beide met één hand kon vasthouden. Terwijl hij haar gevangen hield, gebruikte hij zijn vrije hand om een plagende lijn over haar lippen te trekken, langs haar kin en hals om tussen haar borsten boven haar hart te eindigen. Ze boog haar rug, haar ribbenkast ging heftig op en neer van passie.

'Je bent zo sexy,' fluisterde hij.

Ze likte haar lippen en hij vroeg zich af hoe het zou zijn om die mond te neuken. *Rustig aan, jongen.* Op dit moment draaide alles om haar. Hij liet zijn vinger onder de deels opgetrokken rand van haar shirt glijden en schoof zowel dat als haar beha omhoog, waardoor haar borsten vrijkwamen. Haar parmantige tepels staken omhoog naar de dakbalken als een paar sporen die hem aanspoorden. Hij boog zijn hoofd naar een ervan, zijn tong schoot naar buiten om het uiterste puntje te proeven. Ze jammerde en hij gaf toe, nam de tepel in zijn mond om eraan te trekken en te zuigen tot het een hard puntje was. Daarna baande hij zich met kleine kusjes een weg over haar borst om de andere dezelfde behandeling te geven.

Ze kronkelde onder hem, maar hij hield haar handen stevig boven haar hoofd vast. Terwijl hij eer betoonde aan haar tweede tepel, liet hij zijn handpalm over haar buik naar haar geslacht glijden, de warmte daar omsluitend. Vochtige hitte was door haar jeans getrokken en hij masseerde haar met de palm van zijn hand. Ze tilde haar heupen op om tegen hem aan te schuren en hij verhoogde zijn snelheid tot hij voelde dat ze klaar was voor het volgende niveau. Hij knoopte de bovenste knoop los en liet zijn hand naar beneden glijden, over haar schaamhaar. Zijn middelvinger vond haar spleet, nat en klaar, haar clitoris klopte onder de druk van zijn aanraking.

Met zijn vinger die in en uit langs de spleet gleed, lokte hij meer vocht uit haar, bij elke beweging dieper gaand tot zijn vinger kromde en haar opening vond. Haar strakke rimpelingen klemden zich om zijn vinger terwijl hij naar binnen gleed.

Ze worstelde tegen zijn greep, haar heupen bewogen mee met zijn stotende vingers, zoekend naar meer. Hij bleef haar opening plagen, bij elke beweging over haar clitoris glijdend. De nattigheid doordrenkte zijn hand. Ze spartelde onder hem, happend naar adem, haar woorden bijna onverstaanbaar. 'Ik heb meer nodig. Alsjeblieft.'

Hij besloot haar ter wille te zijn, liet haar handen los zodat hij de stof van haar benen kon stropen. Haar geur vulde de lucht met de bedwelmende smaak van haar opwinding en hij zoog de lucht in zijn mond en over zijn gehemelte, elke sappige nuance absorberend. Ze tastte naar de knopen van zijn jeans. Hij nam haar gezicht in zijn handen en kuste haar diep terwijl ze onhandig zocht, elke vluchtige aanraking van haar handen tegen zijn gulp bracht hem bijna over de rand. Het losmaken van de knopen verminderde de druk die zijn lul tegen zijn gulp had uitgeoefend en hij moest zichzelf eraan herinneren om haar eerst te bevredigen. Hij greep haar handen voordat ze hem kon ontbloten. 'Nog niet.'

Hij ging op zijn knieën zitten en boog zich naar achteren om haar te bekijken, haar helemaal in zich opnemend. Haar blos en zachte rondingen maakten dat hij haar wilde bijten, aan haar flanken wilde knabbelen en zijn gezicht tegen haar aan wilde wrijven voordat hij haar met zijn lichaam zou bedekken. Hij legde zijn handen op haar borsten, kneedde ze zachtjes voordat hij lager gleed om zich tegen haar ribben te vormen, zijn duimen trokken een lijn over haar middellijn naar haar navel. Daar pauzeerde hij om cirkeltjes om haar navel te draaien voordat hij verder naar beneden ging, waarbij zijn duimen de weg wezen naar haar schaamhaar. Ze hapte naar adem, haar heupen bogen zich omhoog om hem tegemoet te komen en haar kleine handjes vlogen naar zijn polsen, hem naar beneden dwingend. Naar binnen. Hij sloeg zijn ogen op om de hare te ontmoeten, het licht van haar passie brandde helder terwijl hun blikken elkaar kruisten.

Hij gleed langs haar schaamlippen, ze voorzichtig openend, terwijl hij tegelijkertijd haar benen met zijn handpalmen spreidde. Ze bloeide open als een bloem en hij boog zijn gezicht naar haar plooien. Haar vlees sidderde. Hij zoog zachtjes, drukte zijn lippen tegen haar aan en verkende haar hitte met zijn tong terwijl hij doorging met het masseren van haar buitenste schaamlippen. Haar vingers verstrengelden zich in zijn haar en ze slaakte een kreun die zijn bloed deed sissen. Hij stootte zijn tong hard in haar opening, één, twee, drie keer. Ze riep het uit, schokte tegen hem op en haar verhitte vlees pulseerde en trok samen met haar orgasme, zijn tong overstromend met haar sappen.

Hij dronk haar op tot hij er zeker van was dat ze klaar was, waarna hij weer op zijn knieën ging zitten. Haar borstkas ging heftig op en neer, haar handen fladderden zwakjes tegen de deken. Zijn lul kon niet langer wachten. Hij schoof zijn jeans omlaag over zijn heupen, bevrijdde zichzelf en tilde haar heupen op zijn wachtende schacht. Opnieuw riep ze het uit, zijn naam noemend, en hij stootte bij haar naar binnen, haar golven van hitte klemden zich in een extatische omhelzing om hem heen. Met een verblindende razernij nam zijn ontlading het over en hij begroef zich diep in haar, pulserend in haar kern.

Huiverend liet hij zich op zijn elleboog boven haar zakken en fluisterde: 'Ik geloof dat ik van je hou.'

'Ik geloof dat ik ook van jou hou,' mompelde ze.

HOOFDSTUK 11

Renee klemde zich slapjes vast aan Blacks schouders. Had ze zojuist echt het 'h-woord' beantwoord? Het bloed bonsde in haar oren. Het moesten de hormonen zijn die haar zo dom maakten. Ze kon niet verliefd zijn. Liefde was gevaarlijk. Iets om tegen elke prijs te vermijden. Vooral omdat ze die man nauwelijks kende. Toch?

En toch wist ze meer over hem dan ze ooit voor mogelijk had gehouden.

Liefde voor Black voelde op de een of andere manier krachtig. Alsof het erkennen ervan haar niet alleen zou bevrijden, maar haar ook heel zou maken. Haar zou voltooien. En ze had niet eens geweten dat ze in scherven lag. Nou ja, een deel van haar wel. Waarom was ze anders achter Steph aan blijven dwalen, zoekend naar die ongrijpbare kick die op de een of andere manier betekenis aan haar leven zou geven?

Ze opende haar mond tegen zijn huid en liet haar tong cirkelen om zijn aardse geur te proeven en schraapte haar tanden lichtjes over zijn vlees. Hij huiverde en draaide zijn gezicht om tegen haar oor te snuffelen, zijn adem heet. Black was geweldig. Hartstochtelijk en knikkende-knieën-veroorzakend geweldig. Liefdewaardig.

Nee. Nee! Ze plaatste haar handpalmen plat tegen zijn borst en probeerde hem weg te duwen.

Hij kwam net ver genoeg omhoog om in haar ogen te kijken. 'Ben ik te zwaar?'

'Ik moet hier weg.' En toch voelde alles wat belangrijk was plotseling alsof het hier was, nu meteen, en de gedachte aan vertrekken maakte dat ze haar hielen in het zand wilde zetten en wilde blijven.

Black rolde met gracieuze souplesse van haar af en stond op. De lucht voelde plotseling koud aan en ze trok haar shirt met een ruk omlaag over haar romp.

De kleine inspanning leek al haar wilskracht op te slokken. De prachtige man, verlicht door het schemerlicht achter hem, hypnotiseerde haar. Ze wilde in zijn armen kruipen. Zich om hem heen slaan en hem nooit meer loslaten.

Wat als ze hun relatie een kans gaf? Ze riskeerde haar leven voortdurend tijdens die stunts die Steph organiseerde. Waarom zou ze niet eens voor haar eigen stunt kiezen? Misschien was ze hier wel goed in. Misschien kon ze daadwerkelijk een leven leiden op de ranch, getrouwd met een levensechte cowboyhengst. Ze rolde op haar zij en greep naar haar broek. 'Wist je dat Lori me heeft gevraagd om met je te trouwen?'

'Nee.' Hij concentreerde zich met onnodige intensiteit op het dichtmaken van de knopen van zijn gulp. 'Wat heb je haar gezegd?' De spieren in zijn armen en borst spanden zich aan in aantrekkelijke golven. Hoe kon iemand hem iets anders dan perfect vinden?

Ze stak haar benen in haar broek. 'Dat wat er tussen jou en mij gebeurt, onze zaak is. Ze moet zich er maar overheen zetten.'

Hij keek haar abrupt aan, zijn tanden ontbloot in een grijns. 'Je zou een fantastische leidmerrie zijn.'

Ze trok een gezicht en schoof onhandig van de provisorische bank af, op zoek naar haar schoenen. 'Ja, dacht het niet. Jouw kudde is jouw kudde, jouw problemen. Waarom ze achter een narcistische bitch als Lori aanlopen, is mij een raadsel. Hoe werkt het huwelijk in de kudde eigenlijk?'

Black stak een hand uit en trok haar overeind. 'Er wordt veel gedatet, zal ik maar zeggen. Een levenspartner vinden is zeldzaam.'

Door dat antwoord voelde haar borstkas alsof er iemand op was gaan staan. Hij had gezegd dat hij van haar hield, maar dat had voor hem blijkbaar niet dezelfde betekenis als voor haar. Renee voelde zich misselijk. Ze knipperde om te voorkomen dat er tranen uit haar brandende ogen zouden ontsnappen en drong hem opzij. Ze zou hem niet laten zien dat ze huilde. Nee, nee, nee. Ze had een cowboy willen berijden en dat was precies wat ze had gedaan. Einde verhaal.

Doelbewust stapte ze naar de deur en sprak zonder om te kijken. 'Ik ga even naar het dorp. Sms me als je iets nodig hebt.'

'Renee, wacht. Is er iets mis?'

Ze liep sneller, tevreden met het feit dat hij gedwongen werd om op zijn blote voeten over de scherpe grindoprit te trippelen. Stomme Black. Hij liet haar van hem gaan houden, terwijl ze aan het begin volkomen eerlijk was geweest dat ze niet geïnteresseerd was in liefde. Ze bereikte de gedeukte Chevy en trok de deur open. De motor protesteerde toen ze de sleutel omdraaide, maar kwam met een onregelmatige ronk op gang, waardoor haar vergeten koffiebeker van de motorkap rammelde.

Hij bereikte de garage en bleef voor haar staan om de weg te blokkeren. 'Renee!'

Omdat ze hem niet kon horen door de ronkende motor, gaf ze meer gas, in de hoop dat het gebrul hem zou vertellen dat hij uit de weg moest gaan.

Hij liep naar het portier aan de bestuurderskant en ze zette de pick-up in de versnelling.

Er gebeurde niets.

Black bereikte het raam en maakte een draaiende beweging met één hand. Met tegenzin draaide ze het raampje omlaag. Hij leunde tegen het kozijn. 'De transmissie is een tijdje geleden kapotgegaan.'

Nou, lekker dan. Uit frustratie sloeg ze met beide handen op het stuur en zette de motor uit.

Black bleef tegen de deuropening leunen. 'Wil je me vertellen wat er aan de hand is?'

De brandende tranen in haar ogen werden erger en vertroebelden haar zicht. Maar ze kon niet ontsnappen, tenzij ze over de bank naar de andere deur schoof.

Alsof hij haar gedachten raadde, keek hij omlaag en deed een stap achteruit. Haar vluchtinstinct bedaarde een klein beetje. Ze haalde diep adem en staarde hem aan, deze prachtige man die ze het liefst in zijn gezicht wilde slaan. Haar hart deed veel meer pijn dan het zou moeten. Ze kende hem pas een dag en hij was ver boven haar niveau. Ze had hem aan Steph moeten laten.

'Renee, ik weet niet wat ik daarstraks verkeerd heb gezegd of gedaan, maar ik zou willen dat je het me vertelt.'

'Ik ben niet je vrouw of je levenspartner of wat dan ook. Ik hoef je niets te vertellen.'

Een irritante glimlach verscheen op zijn lippen. 'Je bent schattig als je jaloers bent.'

'Ik ben niet jaloers. Ik ben gewoon… ik ga niet zomaar met iedereen naar bed. Jij… wat we deden was nogal speciaal voor mij. Ook al gold dat niet voor jou.'

Blacks ogen schitterden en hij boog naar voren, dicht genoeg om de geur van hooi en leer op te snuiven. 'Het was—is—speciaal voor mij. Ik zei dat levenspartners zeldzaam waren. Niet onmogelijk. En als er eenmaal een band ontstaat, is er geen weg meer terug.'

Renee slikte, verloren in de diepte van zijn blik. Het was alsof een elektrisch veld hen samenbond terwijl ze elkaar aanstaarden. Op dat moment wilde ze meer van hem houden dan van wat dan ook ter wereld. 'Wat probeer je te zeggen?'

'Ik zeg dat ik mezelf nog nooit met iemand heb gedeeld zoals ik mezelf met je heb gedeeld. Toen je me in mijn centaurvorm zag, was ik doodsbang, maar nu ben ik blij dat je het zag. Het is een opluchting. Ik hoef me niet voor je te verbergen. Ik heb eindelijk iemand die ik kan vertrouwen.'

'Vertrouw je me?' Haar stem kwam eruit als een piepje.

Black reikte de cabine in en gleed met zijn hand over de achterkant van haar hoofd, waarbij zijn duim haar oorschelp streelde. 'Ik heb je mijn gedaanteverwisseling laten zien. Als dat geen vertrouwen is, weet ik het ook niet meer. Bovendien is het leuk om stoute dingen met je te doen.'

Ze bloosde en de vlinders in haar buik stuurden een giechel naar haar keel. 'Maar hoe zit het dan met levenspartners en dat soort dingen?'

Zijn plagende glimlach werd serieus. Hij boog naar voren om haar lippen met de zijne aan te raken en zijn adem was warm en zoet. 'Deze centaur heeft de zijne gevonden.'

Black hing een nieuw infuus op aan de spant boven Ivy-Jane en voelde het gewicht van Lori's blik in zijn rug. Het veulen lag met drie benen onder zich gevouwen; het vierde, omwikkeld met verband, stak recht naar voren. De verstuiking zou over een paar dagen genezen zijn als hij haar rustig kon houden. Maar op dit moment was het veulen zijn minste zorg.

Renee was teruggegaan naar het huis, omdat ze rust nodig had na alles wat ze had vernomen, en hij was blij dat ze er niet was om Lori's haatdragende woorden op te vangen. Black draaide zich om naar de kuddeleidster, wier laarzen met hakken haar op zijn ooghoogte brachten. Saul zat op een nabijgelegen strobaal, zijn gezicht een uitdrukkingsloos masker.

'De afspraak was dat ik met haar zou trouwen.' Black balde zijn vuisten om zijn woede onder controle te houden. 'En dat zal ik ook doen. Geef me alleen meer dan twee dagen de tijd, om hemelsnaam.'

Hij wilde niets liever dan een leven opbouwen met Renee. Ze had gezegd dat ze tijd nodig had om na te denken en dat kon hij haar geven. Ze had immers in korte tijd veel nieuwe informatie te verwerken gekregen. Verdomme, hij ook. Bij haar zijn had ervoor gezorgd dat hij zijn eigen levensdoelen opnieuw was gaan overwegen. Hij had geen rang in de kudde meer nodig, zolang hij Renee maar kon hebben. De verlossing die hij had gevoeld toen hij haar zijn gedaante had getoond, was bijna net zo bevredigend geweest als de extase die hij had gevoeld toen hij in haar zat. Bijna. Het idee van een levenspartner, iemand voor wie hij zich niet hoefde te verbergen of voor wie hij zich niet anders hoefde voor te doen, liet zijn bloed zingen. Voor het eerst sinds hij had ontdekt dat hij nooit volledig zou kunnen transformeren, voelde hij zich levend. Al zou het een heel leven duren, hij zou alles op alles zetten om Renee de zijne te maken.

'Daar is het nu te laat voor.' Lori stond met haar benen wijd, haar handen op haar heupen.

Hij knipperde met zijn ogen en keerde terug naar de realiteit. 'Ze gaat ons niet verraden.'

'O, na twee zweterige onderonsjes ken je haar al zo goed?' Lori trok een gemanicuurde wenkbrauw op.

Black staarde naar de stalmuur waar hij zich voorstelde dat Millie aan de andere kant stond te gluren als een kleine rat. De merrie had Lori natuurlijk over vanochtend verteld. 'Ik weet—'

'Ze is hier om de boel te verkopen,' onderbrak Lori hem. 'Dat vertelde ze me al op de eerste dag dat ze hier aankwam.'

Black weigerde toe te geven en liep langs haar en Saul naar de vakken waar de reserveschoenen en -

kleding werden bewaard. 'Ze was misschien van plan om te verkopen toen ze hier aankwam, maar ik durf te wedden dat ze dat nu niet meer wil.'

'Dat meisje is uit op geld. Ik heb haar soort eerder gezien. Als ze de boel niet verkoopt, zal ze ons zeker uitbuiten.'

'Alleen omdat jij dat zou doen, betekent niet dat Renee dat doet.' Hij kon Renee vertrouwen—de kudde kon haar vertrouwen—net zoals zijn grootmoeder Toliman had vertrouwd.

'Onze tijd is op, soldaat. En het beschermen van de kudde is het allerbelangrijkste. We hebben genoeg getuigen om de huwelijkspapieren te vervalsen.' Lori's stem daalde tot een dreigend gespin. 'En zodra we haar die hebben laten tekenen, nemen we haar mee voor een laatste ritje.'

Black verstijfde van schok. Lori had het niet direct gezegd, maar de betekenis was duidelijk. De woorden deden hem denken aan de manier waarop ze had gedaan alsof ze rouwde om de dood van haar voorgangster. *Gloryanna stierf terwijl ze haar mens een laatste ritje gaf.* Lori stelde moord voor. De moord op zijn partner. Langzaam draaide Black zich om naar de kuddeleidster, terwijl zijn hoofd nog steeds probeerde de waarheid te bevatten.

Saul stond log op en schudde zijn hoofd. 'Haar familie zal bezwaar maken. We zouden de ranch waarschijnlijk kwijtraken tijdens de nalatenschap.'

Lori rolde met haar ogen. 'De enige familie die ze nog heeft, is die religieuze fanaat van een vader en hij denkt dat deze plek vervloekt is. Geloof me, ik heb hierover nagedacht.'

Saul wreef met beide handen door zijn wilde, zwarte haar. 'Haar vermoorden lijkt me een beetje extreem.'

'Niemand vermoordt iemand.' Blacks stem was een laag gegrom, alsof zijn dierlijke natuur meer weg had van een beer dan van een paard.

'Hou je stem omlaag,' waarschuwde Lori. 'Het is het perfecte plan. En het maakt me niet uit wie van jullie de bruidegom is. Ik heb alleen een extra handtekening van een getuige op de papieren nodig. Saul, doe je mee?'

Saul aarzelde een moment en vroeg toen: 'Zijn Millie en Su het ermee eens?'

Black versteende. 'Je overweegt dit toch niet echt?'

Saul weigerde hem aan te kijken. 'Ze is maar een mens.'

'Ze is niet zomaar een mens. Ze is mijn partner. En ze is Tolimans kleindochter.' Black gebaarde in de richting van het huis. 'Is dit hoe jullie hem terugbetalen voor de jaren waarin hij de kudde heeft beschermd? Door zijn enige kleinkind te vermoorden en zijn ranch te stelen?'

Saul had tenminste het fatsoen om te blozen. Lori stapte tussen Black en zijn oom in, tintelend alsof ze op het punt stond van gedaante te verwisselen. 'Wees niet dom. Mensen kunnen geen partners zijn. De kudde komt op de eerste plaats. Ik had beter moeten weten dan te verwachten dat jij dat zou begrijpen.'

Haar woorden staken als de slag van een zweep. Maar voor Black was de maat vol. De magie van de gedaanteverwisselaar tintelde over zijn huid. 'Ik zorg net zoveel voor deze kudde als jij, of zelfs meer. Mijn grootmoeder was de leidmerrie en één ding dat ik zeker weet, is dat Renee mijn levenspartner is. Ik roep een kuddevergadering bijeen.'

Ze keek hem boos aan. 'Jij kunt geen kuddevergadering bijeenroepen. Je hebt nauwelijks rang.'

Sauls blik wisselde tussen Lori en Black. 'Elke gedaanteverwisselaar kan een kuddevergadering bijeenroepen.'

'Alsof ze naar een centaur zullen luisteren.' Ze snoof minachtend. 'Bovendien is het bijna licht. Je zou gezien kunnen worden.'

De tinteling nam af toen Black besefte dat ze gelijk had. Hij kon niet als centaur naar buiten gaan.

Het kraken van banden op grind brak het gesprek af. Lori ontblootte haar tanden. 'Verdomme. Ze zei dat er vandaag een makelaar zou komen. We moeten hem wegwerken.'

Ze draaide zich om naar de deur en beende naar buiten. Black en Saul volgden haar op de voet. In het felle zonlicht kwam een glanzende, nieuwe Dodge Ram met een logo van Wright Minerals Co. op de deur tot stilstand voor het huis; hittegolven lieten de lucht boven de motorkap trillen.

Lori vertraagde haar pas, en Black wierp haar een blik toe terwijl hij haar passeerde. Meestal stond ze erop om het gezicht van de ranch te zijn, maar misschien was ze nu te boos en te overstuur om dit af te handelen.

De motor viel stil en een man gleed uit de cabine, terwijl hij een zwarte Stetson over zijn kalende hoofd schoof. Hij schonk Black een stralende glimlach. 'Goedemiddag. Ik ben op zoek naar Lori Sandvur.'

'Lori?' Black keek haar verward aan.

Lori stond met haar handen op haar heupen te briesen. 'U hoort hier pas volgende week te zijn.'

'Ik ben in de buurt en dacht dat ik vast even een kijkje kon nemen,' zei de man.

Ze deed een stap naar voren en bleef naast Black staan. 'Draai u om en vertrek. Nu.'

De man hield zijn handpalmen omhoog en keek van Lori naar Black en naar Saul. Oom Saul stond er maar wat bij, met zijn duimen in de lussen van zijn spijkerbroek. Black keek Lori met toegeknepen ogen aan. Waarom had ze contact opgenomen met een mijnbedrijf?

'Mijn excuses, mevrouw.' De man liep achteruit naar zijn truck. 'Ik neem volgende week wel contact op.'

Snel als een pijl was Black bij het portier van de truck en hield zijn hand plat tegen de ruit om het dicht te houden. Hij wilde dit verhaal rechtstreeks van de bron horen, niet in Lori's verdraaide versie. 'Waarom vertelt u ons niet even waarover u contact zult opnemen?'

De man krabde in zijn nek en keek eerst naar Lori en toen weer naar Black. 'Mevrouw Sandvur heeft een paar maanden geleden een gesteentemonster opgestuurd. Het schijnt dat er goud op het terrein is, en ze heeft wat vragen over hoe het uit de grond gehaald kan worden.'

Black haalde zijn hand weg en draaide zich om naar de leidmerrie. Goud? Wanneer was dat gebeurd? Nieuws over goud zou veel aandacht naar de ranch trekken. Menselijke aandacht. Waar dacht de leidmerrie aan? Achter haar viel Sauls mond open.

Lori sloeg haar armen over elkaar en leunde op één been, haar blik nog steeds op de bezoeker gericht. 'Ik zei dat u moest vertrekken, meneer.'

De man schudde zijn hoofd en trok het portier van de truck open. 'De volgende keer breng ik versterking mee,' mompelde hij terwijl hij de deur dichtsloeg. De motor ronkte tot leven en de man reed met een noodgang achteruit de oprit af.

Black liet hem gaan. De man was het probleem niet. In stilte keek hij hoe de truck de voet van de heuvel rondde voordat hij weer sprak. Dit keer richtte hij zich tot Saul. 'Jij zei dat de verborgen schat de kudde was.'

Saul schudde zijn hoofd. 'Dat was het ook. Tenminste, voor zover ik begreep.' Hij kwam naast Lori staan, zijn wenkbrauwen gefronst. 'Wat is dit voor gedoe over goud?'

Lori wierp een blik naar het huis en draaide zich om, haar laarzen krakend over het grind terwijl ze rechtstreeks naar de stal liep. 'De ranch kan zichzelf niet onderhouden zonder inkomen. Ik probeer de toekomst van de kudde veilig te stellen.'

'Wacht, is er echt goud?' Black versnelde zijn pas om haar bij te houden, terwijl een zenuwtic in zijn linkeroog hem irriteerde. Waarom had Lori de vondst niet eerder gemeld?

In de stal ging Lori de dichtstbijzijnde box binnen. Ze draaide zich om naar de mannen en fluisterde: 'In de kloof waar Toliman stierf.'

'Wist hij ervan?' Black nam niet de moeite om zachtjes te doen.

Ze ontblootte haar tanden naar hem en richtte zich op Saul, alsof Black er niet toe deed. 'Het goud zal ons een vrijheid geven die de kudde nog nooit gekend heeft, niet meer sinds de kolonisten alles afzetten met hekken. Zodra we de eigendomsakte hebben veiliggesteld—'

Het zachte geluid van voetstappen buiten werd gevolgd door: 'Black?'

Lori siste en hield haar nagels in zijn arm. 'Zeg geen woord, Black. Dat durf je niet.'

'Het is haar land. Haar goud.' Hij rukte zich los, waarbij Lori's nagels lange striemen op zijn huid achterlieten. Hij draaide zich om en liep naar de grote staldeur.

Binnen drie passen voelde hij de lucht achter zich wervelen en verdichten door de magie van de gedaanteverwisselaar. Lori's bleke palomino-gedaante stoof langs hem heen en wierp hem opzij. Hij struikelde over een stalhark die tegen de muur leunde en de steel raakte verstrikt tussen zijn benen. Hij viel op handen en knieën, zijn handpalmen dreunden tegen het grind. Sauls omvangrijke paardengedaante volgde Lori op de voet en verdween de stal uit.

Black worstelde om overeind te komen, terwijl de gedaanteverwisseling elke spier in zijn lichaam in haar greep kreeg en de naden van zijn kleding en laarzen onder spanning zette, terwijl hij schreeuwde: 'Renee, pas op!'

En slanke, blonde palomino stoof de stal uit op Renee af, terwijl er een angstaanjagende kreet uit haar ontblote tanden ontsnapte. Verschrikt viel Renee achterover en kwam met een harde klap op haar achterwerk terecht. Met de kop omlaag woelde het paard grind op en stormde recht op haar af. Renee rolde opzij en wierp zichzelf uit de weg. De hoeven scheerden op een haar na langs haar schouder. Het beest minderde vaart toen het de oprit rondging. Daarna draaide ze zich weer naar haar toe, met de oren plat in de nek, en steigerde.

Een vlaag van angst schoot door Renees bloed. *Is ze boos op me?*

Voordat ze kon reageren, denderde een bekende houtskoolgrijze hengst de deur uit. *Oom Saul?* Renee krabbelde overeind, terwijl haar handpalmen prikten van het grind. De hengst hield halt tegenover de merrie, met gebogen hals en ontblote tanden. *Waren ze aan het vechten? Wat was er aan de hand?*

Nog een gedaante kwam de stal uit. Renee slaakte een zucht van verlichting toen ze de centaurvorm van Black zag, die prachtig glansde in de zon, zijn blote torso rimpelend van spieren. Hij denderde op Renee af en ze deed een onzekere stap achteruit. Terwijl hij een hand naar haar uitstak, beval hij: 'Stap op.'

De ernst in zijn blik gaf haar kracht, en ze greep zijn hand vast. Hij tilde haar op met een krachtige beweging en zette haar neer op de plek waar paard en man samenkwamen.

'Hou je goed vast,' zei hij en hij draaide zich naar het hek.

'Is dat Lori?' Renee sloeg haar armen om zijn borstkas en wierp een blik op de gapende staldeur voor het geval er nog meer dolle paarden besloten naar buiten te komen.

'Ja,' beet hij haar tussen zijn tanden door toe, terwijl hij de grendel van het hek losmaakte.

Renee keek over haar schouder en hapte naar adem toen de palomino achteruitsloeg en haar voorhoeven door de lucht liet maaien. De hengst steigerde op zijn beurt. Ze botsten op elkaar, met klapperende tanden en zwaaiende voorbenen.

Black schoot naar voren en Renee werd gedwongen weer vooruit te kijken, waarbij ze beide armen stevig om zijn ribbenkast sloeg. *Ik rijd op een centaur. Alweer.* De gedachte zou haar duizelig hebben gemaakt van opwinding als ze niet al duizelig was van verwarring. Ze drukte haar wang tegen zijn schouderblad en klemde haar knieën om zijn schoft om zichzelf in evenwicht te houden. Binnen enkele ogenblikken was hij in galop, in de richting van de weg naar de stad, en Renee merkte dat ze zich gemakkelijk aan het ritme van zijn gangen aanpaste. De combinatie van man en beest voelde zo natuurlijk aan dat ze haar ogen sloot en genoot van de langsstromende lucht, het gevoel van zijn spieren die zich onder haar spanden, de warme geur van zijn huid.

Haar korte moment van sensualiteit werd verbroken door het gedreun van hoeven die van links naderden. Haar ogen schoten open en ze zag dat de palomino de achtervolging had ingezet. Wat nog gruwelijker was: de lichte snuit van het beest zat onder het bloed.

'Black!' riep Renee uit.

Black boog zich naar voren en versnelde, maar de palomino bleef inlopen. De merrie bereikte zijn achterhand met de nek ver naar voren gestrekt en de lippen opgetrokken in een bijna roofzuchtige woestheid. Renee zou zweren dat de ogen van het paard gloeiden van een demonisch licht.

Op dat moment greep Black pijnlijk hard Renees dijen vast en het voelde alsof zijn achterbenen onder hem wegzakten. Terwijl hij scherp wegdraaide, kwam hij slippend tot stilstand.

Te doodsbang om zelfs maar te gillen, hield Renee zich uit alle macht vast.

De palomino schoot hen voorbij, terwijl haar hoeven over het verdorde gras schraapten. Black keek over zijn schouder in Renees ogen. 'Gaat het?'

Ze knikte, haar stem zat nog steeds vast in haar keel.

'Dit kan lelijk worden. Wat er ook gebeurt, zie dat je zo ver mogelijk bij Lori vandaan komt, oké?'

Renee keek toe hoe de merrie over de grond schraapte. Lori was verschrikkelijk in haar menselijke vorm. Als paard leek ze wel bezeten. 'Wat is er met haar aan de hand?'

Black schudde zijn hoofd en danste zijwaarts terwijl de merrie op hen af sloop met een dreigend gebogen hals. Renee klemde haar handen om zijn borstkas terwijl hij zijn bovenlichaam draaide om haar af te schermen van de merrie. Lori gooide haar hoofd in de lucht, waarbij haar witte manen wild alle kanten op wapperden. Toen deed ze een uitval, terwijl dat vreselijke geluid uit haar keel krijste.

Black greep Renees dijen vast zoals zojuist en steigerde, terwijl hij Lori met zijn voorhoeven bestookte.

Renee klampte zich aan hem vast voor haar leven en drukte haar wang plat tegen zijn schouderblad, terwijl haar hartslag sneller ging dan haar ademhaling. Met elk greintje kracht kneep ze haar knieën samen om te blijven zitten. Blacks spieren rimpelden en spanden zich tussen haar benen, en ze voelde dat ze losglipte ondanks dat hij haar dijen extra stevig vasthield.

De merrie deinsde achteruit en Black kwam met een doffe klap weer op vier benen terecht. Renee wurmde zich weer in de juiste positie.

Toen draaide de merrie zich razendsnel om en sloeg naar achteren uit met haar achterbenen.

Black ontweek naar rechts.

Dodelijke hoeven kliefden door de lucht op de plek waar Renees dij net nog was geweest.

Met de snelheid van het licht sprong Lori weer naar voren, waardoor Black gedwongen werd een sprong achteruit te maken. Renee wankelde gevaarlijk. Black sloeg een arm naar achteren om haar tegen te houden en Lori maakte gebruik van de afleiding door opnieuw een uitval te doen.

Dit keer beten haar tanden in Renees been, net boven de knie. Renee schreeuwde het uit van de pijn, haar spier werd tegen het bot geplet. Het volgende moment schoot haar grip op Blacks borstkas los en vloog ze door de lucht. Ze kwam hard op het zand terecht, waarbij haar linkerschouder de klap opving.

Terwijl de met stof gevulde lucht in haar longen brandde, rolde ze op haar knieën. De grond trilde onder de denderende hoeven terwijl Lori en Black hun strijd voortzetten. Black hield zich tussen Renee en de merrie in, maar Lori was woest; ze beet en trapte tot er bloed over Blacks blote borst en armen liep.

Een andere draaiende trap raakte Blacks wang. Hij wankelde, zijn hoeven zochten onvast steun op de grond. Lori brak los en een gruwelijk besef trof Renee. Dit was geen gevecht tussen groepsleden. Dit ging niet over Lori en Black. *Hij beschermt* mij.

Renee hinkte zijwaarts in een poging weg te komen. Haar gebeten knie bonsde. Haar linkerarm tintelde door haar val. Ze kon niet wegkomen, maar wel terugvechten. Ze zocht op de grond en vond een steen ter grootte van een softbal. Ze wierp hem zo hard als ze kon naar de aanstormende merrie.

De palomino schrok terug en bokte met haar achterbenen alsof ze de steen uit de lucht wilde trappen. In één vloeiende beweging wendde ze zich weer tot Renee, terwijl het wit van haar ogen glansde. Beide voorhoeven maaiden door de lucht.

Black wierp zichzelf voor Lori. 'Ren, Renee!'

Renee hinkte nog een stap achteruit terwijl de merrie met haar tanden klapperde. Black ving de beet op met zijn onderarm en duwde de massa van de palomino naar achteren. Zijn voorhoeven haalden uit naar de borst van de palomino en trokken bebloede voren in haar lichte huid.

Renee zocht op de grond naar nog een steen. Geen sprake van dat ze Black alleen liet vechten tegen dit kreng. De wei was hier frustrerend steenloos. Enkele meters links van haar was een handvol paarden verschenen. Ze stonden nieuwsgierig toe te kijken, hun staarten zwiepten door de stoffige lucht. Waren zij gedaanteverwisselaars? Waarom stonden ze daar maar wat te doen?

Black sloeg zijn armen om de keel van de palomino. Zijn biceps bolden op terwijl hun paardenlichamen streden om de overhand. Lori slaagde erin een goed gemikte trap uit te delen tegen zijn achterbeen en hij ging neer, waarbij hij haar kop met zich mee trok. De nekspieren van de merrie stonden strak gespannen terwijl ze probeerde zijn extra gewicht van zich af te bokken.

Een chocoladebruin paard in de nabijgelegen kudde gooide zijn hoofd in de lucht en hinnikte, terwijl het naar de nabijgelegen oprit keek. De andere paarden briesten en keken in die richting. Een seconde later hoorde Renee het ook: het geronk van een naderende motor. *O god, de makelaar.* Ze had de afspraak nooit afgezegd.

Een kleine witte sedan verscheen achter de heuvel en reed langzaam richting het huis. Hij verdween bij een laag punt in de weg, maar binnen enkele seconden zou hij weer tevoorschijn komen, vol in het zicht van het gevecht.

'Black!' riep Renee. 'Er komt een auto aan!'

Hij had Lori tegen de grond gewerkt en knielde met beide voorbenen op haar nek, zijn handen op haar kop. Hij kon haar niet horen.

Ze moest die auto tegenhouden. Ze strompelde naar het hek en wurmde zich tussen de balken door. Misschien kon ze de makelaar tegenhouden voordat hij iets zag. Zijn zicht blokkeren. Hem afleiden. Alles. Na een paar stappen begaf haar gewonde knie het. Ze kwam met beide handpalmen op het grind terecht, en een brandende pijn schoot door haar polsen. Ze weigerde op te geven, krabbelde overeind en hinkte de grindweg af.

De auto kwam met slippende banden tot stilstand in een stofwolk. Door de voorruit zag Renee hoe de mond van de jonge man een perfecte cirkel vormde, zijn blik gericht voorbij haar op Black en Lori. *Shit,*

shit, shit! Ze bereikte de autodeur en de makelaar draaide het raam op een kiertje open. Zijn stem trilde. 'Is alles in orde?'

Toen Renee een blik wierp op het gevecht, zag ze tot haar verbazing zes of acht naakte mensen in een cirkel rond Black staan. Hij knielde in menselijke gedaante op de nek van de merrie. 'Eh,' zei ze, onzeker hoe ze moest reageren. Als een ingeving schoten haar vaders beschuldigingen over duistere rituelen en voodoo door haar hoofd. Ze glimlachte en boog zich naar het raam. 'Het is een spirituele ceremonie. Religieus. Alles is in orde.'

'O.' De makelaar schraapte zijn keel, zijn blik gleed even naar Renees bloedende handen. 'Zal ik anders later terugkomen?'

Renee schudde haar hoofd en sloot haar vingers om de prikkende wonden. 'Ik heb me bedacht wat betreft de verkoop van de boerderij. Het spijt me dat je helemaal hierheen bent gereden.'

De man knikte en zette de auto al in zijn achteruit. 'Helemaal geen probleem. Echt niet. Ik... eh... een fijne dag nog.'

Ze bleef staan, zodat de man kon ontsnappen aan het onnatuurlijk stille tafereel daarachter. Hij gaf vol gas de hele oprit terug. Zodra de auto achter de heuvel was verdwenen, richtte ze haar aandacht weer op de groep mensen die zich om Black had verzameld. Dit was haar ranch en ze was er klaar mee om zich de wet te laten voorschrijven.

HOOFDSTUK 13

*B*lack hapte naar adem, terwijl hij met zijn volle gewicht op de halsslagader van Lori knielde. Renees stem bereikte hem slechts door een mistflard. Al zijn aandacht bleef gevestigd op het worstelende paard. Hij was net op tijd in zijn menselijke gedaante veranderd om te voorkomen dat hij gezien werd, maar zonder zijn gewicht als centaur om haar tegen de grond te houden, zou Lori elk moment de controle kunnen herwinnen. En ja hoor, ze rolde opzij, waardoor hij wel weg moest springen om niet onder haar verpletterende gewicht te belanden.

De wegrijdende auto had de weg nog niet bereikt toen Lori weer opstond, haar ogen rollend van razernij. Onmiddellijk steigerde ze, haar vlijmscherpe hoeven maaiend door de lucht. Hoewel Renee aan de andere kant van het hek stond, zou Lori die afstand in een paar sprongen kunnen overbruggen.

'Bekijk het maar,' dacht Black. Het maakte hem niet meer uit of hij gezien werd. Het kon hem niet meer schelen of de kudde hem zag transformeren. Zijn levenspartner was in gevaar. Nog steeds in menselijke gedaante stormde hij naar voren, balde de magie van de gedaanteverwisseling samen tot een punt binnenin hem en liet die toen naar buiten flitsen in een explosie van verandering.

Hij bereikte het hek in zijn gedaante als centaur op vrijwel hetzelfde moment als Lori en overrompelde haar met zijn volle gewicht, waardoor ze uit balans raakte. Haar voorbenen kwamen over de reling, maar haar achterbenen raakten het hout hard, waardoor een balk losschoot. Zij en de balk tuimelden over de kop in het grind, waarbij een verstikkende stofwolk opsteeg.

Renee was teruggeweken naar de andere kant van het pad en stond nu met haar rug tegen het hek aan die zijde gedrukt.

Black sprong over het beschadigde hek, stoof langs Lori en kwam slippend tot stilstand tussen zijn partner en de merrie.

Lori spartelde in het grind en haar hoge gekrijs werkte hem op zijn zenuwen. Een glanzend wit bot stak als een speer uit haar rechterachterbeen. Blacks instincten als veearts kwamen even naar boven, maar hij weerstond de drang om te helpen. Als dit was wat er nodig was om Lori te stoppen, dan was dat maar zo. Zo'n ernstige breuk zou haar waarschijnlijk voor het leven verminken, aangezien pinnen en andere hulpmiddelen om botten te zetten niet goed samengingen met de fysiologie van een gedaantewisselaar.

De rest van de kudde, nog steeds in menselijke gedaante, dook door het hek en kwam dichterbij, hun blikken flitsend tussen Black en hun leidmerrie.

Het enige waar Black aan kon denken, was Renee hier weghalen en in veiligheid brengen, zelfs als dat betekende dat hij in zijn gedaante als centaur dwars door de stad moest paraderen. Hij knielde naast Renee op het grind. 'Kun je rijden?'

Ze sloeg haar armen over elkaar. 'Dat zou ik kunnen. Maar ik doe het niet. Dit is mijn ranch en ik laat me niet wegjagen.' Ze legde een hand op zijn schoft, duwde hem opzij en stapte naar voren om de naderende gedaantewisselaars onder ogen te zien. 'Als nieuwe eigenaar van deze ranch roep ik een kuddevergadering bijeen.'

Black keek haar met verbazing aan, terwijl een trotse glimlach om zijn mondhoeken speelde. De gedaanteverwisselaars liepen langzamer en gingen in een rij staan aan de overkant van hun leidmerrie. Het gekrijs van Lori hield op en haar gouden lichaam glansde en kromp; de hoeven werden voeten en handen, de manen veranderden in warrig blond haar. Het bot stak nog steeds uit haar bebloede scheenbeen en haar gezicht was vertrokken in een grimas van pijn. Met opeengeklemde tanden schreeuwde ze: 'Dit mens kan geen kuddevergadering bijeenroepen.'

Er arriveerden nog meer gedaantewisselaars, nog steeds in hun paardengedaante. Degenen in menselijke gedaante mompelden onder elkaar, terwijl de nieuwkomers transformeerden. Dit was een goed teken. Voor één keer gehoorzaamden ze Lori niet louter op basis van angst en instinct. Black rechtte zijn schouders. Wat hij nu ging doen, was zenuwslopender dan Renee zijn transformatie laten zien. 'Renee is mijn levenspartner. Ik eis de bescherming van de kudde.'

Het woord 'levenspartner' gonsde door de menigte. Black hield Renee vanuit zijn ooghoek in de gaten, onzeker over wat haar reactie op deze aankondiging zou zijn. Ze staarde hem met open mond aan, een grote vraag in haar ogen. Maar hij had geen tijd om op één knie te gaan en te vragen of zij hetzelfde voelde.

Lori ontblootte haar tanden, haar lippen trilden. 'Ze is een gevaar voor de kudde.'

Renee zette haar handen in haar zij, haar houding breed en zelfverzekerd. 'Ik ben niet degene die dit gevecht is begonnen. En ik zou het op prijs stellen als iemand me vertelt wat er in godsnaam aan de hand is.' Ze keek op naar Black. 'Waarom probeert ze me te vermoorden?'

Hij keek Lori woedend aan terwijl hij antwoordde. 'De schat in het testament van je grootvader bestaat echt.'

'Ik dacht dat je zei dat de schat de paarden waren?' Renee gebaarde naar de omringende menigte gedaantewisselaars. 'En daarmee nam ik aan dat je de kudde bedoelde.'

'Dat deed ik ook. En ik denk dat je grootvader dat ook vond.' Hij krulde zijn lip van walging bij het zien van Lori. 'Maar blijkbaar heeft Lori goud gevonden in de canyon.'

Renees ogen werden groot. 'Echt waar? Ik… ik begrijp het nog steeds niet. Waarom de aanval op mij?'

Blacks blik werd getrokken naar Renees met bloed bevlekte broekspijp, en zijn hartslag denderde weer. Hij veranderde weer in zijn menselijke gedaante en knielde naast haar neer. 'Laat me daar eens naar kijken. Gaat het?'

'Tenzij ze rabiës heeft of zo, zal het wel gaan.' Renee sloeg zijn hand weg. 'Vertel me waarom ze me dood wil hebben.'

Black weigerde haar been los te laten en onderzocht de wond. Laat Lori zichzelf maar verdedigen. 'Wil je je plannen met de kudde delen, Lori?'

De blondine krulde haar lippen in een woeste sneer. Hoewel Lori onmogelijk op een gebroken been kon staan of aanvallen, deden een paar van de omstanders toch een stap achteruit. 'Je kunt een mens niet vertrouwen.'

Millie stak haar hoofd tussen twee van de mannen door en stak haar hand op. Ze zei niets, maar bleef daar gewoon staan met haar hand in de lucht. Black vernauwde zijn ogen, onzeker over haar plotselinge brutaliteit. Maar ze keek niet naar Black. Ze keek naar Renee.

'Wat is je naam?' vroeg Renee.

'Millie,' bracht de vrouw schor uit.

'De moeder van Ivy-Jane?' Renee keek naar Black, die knikte.

Gerustgesteld dat Renee's wond niet kritiek was, stond hij op en vroeg: 'Millie, wat weet je hiervan?'

'Lori heeft Toliman en Gloryanna vermoord.' Millie dook weer weg tussen de mannen, alsof ze een klap verwachtte.

Er steeg een collectieve kreet van ontzetting op uit de groep. Lori keek grimmig, maar zei niets.

Blacks bloed werd ijskoud. *Vermoord?* De lucht was te dik om te ademen. Hij had altijd al onraad geroken, maar door een van zijn eigen kuddegenoten? Zijn arme oma had het waarschijnlijk nooit zien aankomen. Zijn keel kneep dicht. 'Waarom?'

Lori sneerde. 'Ik ben degene die het goud gevonden heeft. Ik heb Toliman gesmeekt om het erts te laten testen. Hij wilde het daar maar laten liggen terwijl wij onszelf afbeulden om zijn kostbare ranch draaiende te houden. Ik zou het geld voor de kudde gebruikt hebben. We hadden ons nooit meer zorgen hoeven maken over onze veiligheid.'

'Dus heb je hem vermoord?' Renee's stem klonk een octaaf te hoog. 'Hoe dacht je dat hem te vermoorden —en mij te vermoorden—het goud van jou zou maken?'

Er verscheen een kwaadaardige blik in Lori's ogen. 'Vraag dat maar aan je zogenaamde levenspartner.' Ze grijnsde hatelijk naar Black. 'Je hoeft die rol niet meer te spelen, Black. De waarheid is eruit.'

Black keek Lori woedend aan, zijn neusvleugels trilden en zijn hart bonsde hard tegen zijn ribben. Natuurlijk zou ze proberen nog één laatste slag uit te delen.

'Waar heeft ze het over?' vroeg Renee.

Lori's stem droop van het suikerzoete vergif. 'Black zou je ervan overtuigen om met hem te trouwen, schatje.'

Het volle gewicht van wat hij dreigde te verliezen door Renee de waarheid te vertellen, kwam op hem af. Een levenspartner was een zeldzaam geschenk, iets wat niet veel gedaanteverwisselaars vonden. Maar hij kon niet tegen haar liegen, zelfs niet als dat betekende dat hij haar voorgoed zou verliezen. Renee's ogen glansden van pijn, maar hij zette door. 'Toen je net aankwam, stemde ik ermee in om met je te trouwen in ruil voor een rang in de kudde.'

'Dat zal je nu nooit meer krijgen,' onderbrak Lori. 'Dat weet je wel, hè?'

Black negeerde haar, hij had alleen oog voor Renee en smeekte haar om het te begrijpen. 'Het plan was niet om je pijn te doen. Alleen om te voorkomen dat je de ranch zou verkopen. En je bent zo mooi, het was makkelijk om je het hof te maken. Maar toen zag je me. Je zag mijn… monster.' De woorden voelden zwaar in Blacks keel, maar hij ging door. 'En je accepteerde me.'

'Je bent geen monster,' zei Renee zachtjes.

Hij klemde zijn kaken op elkaar en weigerde weg te kijken van Renee's vertrouwende blik. *Een monster zoals jij verdient geen levenspartner.* 'Ik ben wel een monster. Ik stemde in met Lori's oorspronkelijke plan om je erfenis te stelen. Ik denk dat ze de hele tijd al van plan was om je te vermoorden, maar ik weigerde het te zien.'

'Maar je hebt me verdedigd.' Renee schudde haar hoofd. 'En we zijn niet getrouwd. Hoe zou mij nu vermoorden ervoor zorgen dat de ranch van Lori wordt?'

'Ze wilde de huwelijkspapieren vervalsen en de ranch opeisen tijdens de nalatenschapsafhandeling. Toen ik erachter kwam, weigerde ik.' Black werd nog steeds misselijk van het plan. Hij vermeldde niet dat Saul de deal had overwogen. Per slot van rekening had zijn oom zich op Lori geworpen om Black de tijd te geven Renee te grijpen en te proberen te ontsnappen. Black wist nog steeds niet wat zijn oom van gedachten had doen veranderen, maar hij zou hem eeuwig dankbaar zijn.

Lori krulde haar lippen. 'Ik ben de enige die sterk genoeg is om te doen wat het beste is voor de kudde.'

Renee's mond werd een dunne, bleke streep en ondanks haar geringe lengte leek ze wel drie meter hoog. 'Het beste voor de kudde? Je hebt geen flauw idee wat dat zelfs maar betekent.' Ze keek naar Black, haar ogen brandend van een donker vuur, en draaide zich toen om naar de menigte. 'Ik ken de meesten van jullie niet, maar ik ga ervan uit dat jullie goede mensen zijn. Blacks mensen. Deze vrouw heeft mijn grootvader en Blacks grootmoeder vermoord—jullie vorige leidster. Wat is de straf van de kudde voor moordenaars?'

Tot Blacks verbazing bogen de gedaanteverwisselaars eerbiedig hun hoofd. Hij moest toegeven dat de gebiedende kracht die Renee op dat moment uitstraalde niet onderdeed voor die van zijn grootmoeder. *Oma.* Lori had haar vermoord. Zijn aderen voelden traag van het ijs toen hij het verlies opnieuw beleefde.

Een van de jonge hengsten nam het woord. 'Verbanning is gebruikelijk.'

'Verbanning?' Renee rechtte haar rug nog meer en kruiste haar armen. 'Zodat ze een andere kudde kan gaan terroriseren? Ik dacht het niet.'

Black wilde Lori aan de dichtstbijzijnde boom ophangen, maar die straf zou nog te mild zijn voor wat ze verdiende. Ze had twee mensen vermoord. De kudde geterroriseerd. En geprobeerd zijn levenspartner te doden. Hij wilde een straf waarbij ze zou lijden. Hij wierp een blik op haar verbrijzelde been en besefte dat ze zichzelf dat al had aangedaan. 'Haar dagen van rennen met een kudde zijn voorbij.'

Lori's gezicht trok wit weg. Ze staarde naar haar been alsof ze nu pas besefte dat de breuk echt was.

'Vanwege haar been?' vroeg Renee. 'Kan ze niet gewoon geopereerd worden?'

'Dat zou kunnen.' Black knielde naast Lori neer, terwijl zijn instincten als veearts het wonnen van zijn woede. De breuk zag er van dichtbij nog erger uit. 'Maar de bouten en andere materialen die gebruikt worden om het te zetten, zouden losschieten de eerste keer dat ze probeert te transformeren. Ze zou er nog slechter aan toe zijn dan nu. En zonder operatie blijft ze levenslang kreupel. In beide gedaanten.' Black hield zijn blik op Lori gericht en probeerde voldoening te putten uit de gedachte dat ze kreupel zou zijn. Het was niet genoeg, maar het moest maar.

Renee's ogen stonden vol tranen, maar de harde lijnen in haar gezicht vertelden hem dat ze boos was, niet medelevend. 'Ik weet niet of dat genoeg is. Maar dit gaat niet alleen over mij.' Ze sprak met diezelfde toon van autoriteit die ze eerder had gebruikt toen ze naar de straf vroeg. Ze keek naar de mensen om haar heen, waardoor Black ze ook opmerkte. Vrijgezellen. Oudsten. Moeders. Tieners. Zijn kudde. Ze zei: 'Jullie hebben ook iemand verloren. En het klinkt alsof er nog een keuze gemaakt moet worden. Wordt ze geopereerd of niet? Hoe stemt de kudde?'

'Wacht!' smeekte Lori de toekijkende gedaanteverwisselaars. 'Mijn plan kan nog steeds werken. Er is hier niemand behalve ons. Geef maar een teken —'

Een vrijgezel liep langs Lori zonder haar een blik waardig te gunnen en legde voorzichtig een hand op Renee's schouder. Daarna draaide hij zich om naar de toekijkende gedaanteverwisselaars. Een grijsaard kwam dichterbij en pakte Renee's hand. Langzaam kwam de hele kudde in beweging om Renee en Black te omringen met het soort acceptatie dat alleen een kudde kon geven.

Trots bloeide op in Blacks borst. Ze erkenden zijn levenspartner. Zelfs de oude Toliman had nooit dit soort acceptatie gekregen. Hij werd gerespecteerd en de kudde hield van hem, maar hij was altijd een buitenstaander gebleven. Een weldoener, geen gelijke. Renee was zojuist beide geworden.

Een oudere vrouw verhief haar stem. 'Ze verdient geen paardengedaante. Ik zeg opereren.'

'Breng haar naar het mensenziekenhuis.'

'Zet er pinnen in.'

'Dat kunnen jullie niet maken!' schreeuwde Lori terwijl twee mannen naar voren stapten en haar bij haar armen grepen. 'Ze opereren me niet zonder mijn toestemming!'

Een van de mannen schudde zijn hoofd. 'Niet als je bewusteloos aankomt.'

Haar gezicht vertrok in lelijke plooien. 'Ik ben jullie kuddeleidster! Ik wilde alleen maar het beste voor jullie!'

De mannen sleepten een schreeuwende Lori de wei uit. Zij zouden het vanaf hier afhandelen en Black was opgelucht dat hij van die taak verlost was. De meeste gedaanteverwisselaars volgden in menselijke gedaante. Anderen transformeerden naar hun paardengedaante en vertrokken richting het weiland.

Black had alleen oog voor Renee. Hij wreef met een hand over zijn haar en miste het vertrouwde gewicht van zijn cowboyhoed. 'Hoe is het met je been? Ik kan je naar huis dragen als je het niet erg vindt om zonder zadel te rijden.'

Ze keek hem vanonder haar wimpers aan. 'Mmm. Een cowboy zonder zadel berijden. Dat bevalt me wel.'

Hij grinnikte, blij zijn ondeugende kleine merrie terug te zien. Hij knielde naast haar neer en hielp haar overeind terwijl ze haar gewonde been over zijn flanken tilde. Toen ze eenmaal goed zat, stond hij op. Haar warmte nestelde zich tegen zijn ruggengraat en haar benen klemden zich om zijn schoft met een geruststellende druk die hij nooit had verwacht te voelen bij een ruiter. Gedaanteverwisselaars zeiden altijd hoe vernederend het was om een mens te dragen, hoe oncomfortabel en zwaar. Maar hij vond het juist wel fijn hoe dicht Renee hierdoor bij hem zat. Ze sloeg haar armen om zijn borst en legde met een zucht haar wang tegen zijn schouder, waarbij haar adem over zijn blote huid streek.

Hij zette aan in een gelijkmatige draf richting de ranch. Haar knieën klemden zich steviger om hem heen, terwijl ze de pijn van de beet negeerde. 'Ik wil de wind voelen. Wil je voor me rennen?'

Zijn bloed ging sneller stromen bij die woorden. 'Weet je het zeker?'

Haar wang bewoog instemmend tegen zijn rug. 'Ik hou van je op deze manier.'

Hij spande zijn achterhand aan en zette aan in galop. Renee hield zich stevig aan hem vast, haar lichaam bewoog met het zijne mee, versmolt met het zijne, in een beweging die even intiem aanvoelde als seks.

Ze passeerden Lori, die hun verwensingen naar het hoofd slingerde, maar Black bleef doorgaan. Renee riep: 'Sneller!'

'Niet loslaten!' schreeuwde hij terug.

'Nooit!'

Hij boog af naar links, langs het hek, en schakelde over naar een rengalop. Haar dijen drukten tegen zijn flanken, haar adem was heet op zijn schouder. Hij had zich nog nooit zo vrij gevoeld. Zo levend. Hij slaakte een vreugdekreet, die beantwoord werd door haar gelach achter hem. Met een wijde boog liep hij in draf terug naar het huis. Al zou hij nooit meer iets anders hebben in deze wereld, dan had hij tenminste dit moment, dit gevoel van ergens bij iemand te horen, en dat gevoel zou hij de rest van zijn leven koesteren.

Renee liet haar vingers over Blacks borst glijden en volgde met haar lippen de lijn van zijn schouder terwijl hij over de donkere weide draafde. Krekelgezang vormde een nachtelijke serenade vanuit de rotsen waar ze voor het eerst de liefde hadden bedreven. Ze genoot van zijn zoete geur van hooi en van het land.

Haar land. Haar ranch. Het idee was nog zo nieuw dat ze soms wakker werd met de gedachte dat ze het allemaal gedroomd moest hebben. Ze was hier nu al ruim een week en hield toezicht op alles, van het dagelijkse uitmesten van de stallen tot een geheime bijeenkomst van gedaanteverwisselaars onder een middernachtelijke maan. Zoveel van haar vaders misvattingen over haar grootvader vielen nu op hun plaats. Misschien moest ze weer eens contact met hem opnemen, nu ze zich hier vestigde…

Black reikte naar achteren en streek met zijn hand langs haar been. 'Gaat het?'

De laatste tijd wist hij op de een of andere manier bijna net zo snel als zij wat ze dacht en voelde. Ze begreep niet hoe hij haar in zo'n korte tijd zo goed had leren kennen, maar ze wist dat ze hier gelukkig was bij hem. Compleet.

'Het gaat goed,' zei ze, terwijl ze haar wang tegen zijn rug wreef. Wat er ook in haar omging, ze had nog niet ontdekt hoe ze daarover moest praten.

Hij leek dat ook te weten en liep verder, terwijl zijn hoeven zacht op de aarde neerkwamen, gestaag als een hartslag. Renee besefte dat wat door haar hoofd spookte niets te maken had met haar vader, haar moeder of zelfs haar grootvader. Waar ze over moest praten, was hier, op de ranch. Hier in haar armen. *Levenspartner.* Ze hadden er niet meer over gesproken sinds hij het voor het eerst tegen de kudde had gezegd. Alsof hij wist dat het haar banger maakte dan welk avontuur ze ook met Steph had beleefd.

Maar nu was ze klaar om de sprong te wagen.

Ze haalde diep adem en klemde haar armen steviger om Blacks borstkas. 'Wil je met me trouwen? Voor echt?'

Weer zo'n afgezaagde tekst, besefte ze, te laat om die nog terug te nemen.

Black stopte en draaide zijn nek om haar aan te kijken, zijn lippen gekruld in een schuine glimlach. 'Je houdt me toch niet voor de gek, hè?'

Ze grijnsde ondeugend. Hij begreep haar echt. 'Ik ben nooit erg goed geweest met openingszinnen, dus ik dacht: laat ik maar meteen met de deur in huis vallen. Bovendien noemde je me toch je levenspartner?'

Zijn gezicht werd ernstig. Met een behendige beweging tilde hij haar van zijn rug en zette haar voorzichtig op de grond, waarna hij met een glinstering weer zijn menselijke gedaante aannam. 'Je bent mijn levenspartner, Renee. Ik hou van je. Ik heb je niets te bieden behalve mezelf en een belofte van eeuwige aanbidding en bescherming. Maar als je mijn bruid wilt zijn, geef ik mezelf vrijwillig en volledig aan jou, totdat de dood mijn laatste adem steelt.'

Renee deed een stap dichterbij. 'Ik weet niet hoe je het hebt gedaan, maar je hebt me veranderd.' Ze slikte. 'Ik hou van je, Black.'

Hij keek neer in haar ogen. 'Jij hebt mij ook veranderd.'

Hij legde een hand in haar nek, hield haar hoofd vast en trok haar naar zich toe voor een kus. Ze sloeg haar handen om zijn middel en drukte haar hartslag tegen de zijne. Ze had eindelijk de ultieme kick gevonden waarvoor ze bereid was te sterven. En de enige die ze elke dag, voor de rest van haar leven, wilde herhalen.

Beste lezer,

Ik hoop dat je hebt genoten van je reis naar Montana met Renee! Met gedaanteverwisselaars weet je maar nooit… misschien kom je er wel eentje tegen, gewoon om de hoek. Ben je klaar voor nog zo'n magische held die je hart kan stelen? Dan zul je zeker genieten van de magische intrige en verboden passie in *Het verlangen van de djinn.*

Eén wens. Twee lotsbestemmingen. Een passie die hen beiden zou kunnen verwoesten.

Lees verder voor een fragment!
Liefs,
Tamsin Ley

*T*anika Skye rammelde aan het slot van het harmonicahek dat de salon beschermde en gaf er een flinke trap tegen, waarna de bouten losschoten. Met haar volle gewicht duwde ze het hek opzij. Op de gebarsten glazen deur was het logo van de Seance Salon met de hand geschilderd in felroze letters, rondom een afbeelding van een gouden kristallen bol met een kam en een schaar. Het overige glas van zowel de deur als het grote raam was zwart geverfd om het interieur af te schermen tegen nieuwsgierige blikken.

Ze pakte haar mand met handdoeken op en stapte de schemerige zaak binnen, terwijl een klein belletje boven de deurpost rinkelde. De TL-buizen flikkerden aan met een irritant elektrisch gezoem en onthulden twee versleten kappersstoelen met bijbehorende spiegels, een paar klapstoeltjes naast een tijdschriftenrek voor wachtende klanten—die ze nooit had—en een klein gedeelte achterin, omgeven door een vaal fluwelen gordijn, waar ze paranormale consulten gaf. De geur van permanentvloeistof hing zwaar in de lucht, wat Tanika's blik naar de wasbak trok; Birdie had alweer nagelaten de krulspelden van haar laatste klant af te wassen.

Of het water afgesloten was. Beide waren mogelijk.

Hoezeer Tanika ook van deze plek hield, soms vroeg ze zich af wat ze nu precies probeerde te bewijzen door de zaak open te houden. Ze liet haar mand met schone handdoeken op de stoel van Birdie's werkplek vallen, liep naar de wasbak en draaide de warme kraan open. Tot haar opluchting kwam er een stevige straal water uit. Ze keek op de wandklok in de vorm van een zwarte kat die Birdie in een opwelling had gekocht omdat ze vond dat een vleugje hekserige decoratie wel bij de salon paste. Tien voor acht 's ochtends. Als ze opschoot, kon ze de rollers schoonmaken voor haar eerste consult van die ochtend en de stank verdrijven. De chemicaliën gingen niet goed samen met de geurkaarsen die ze tijdens haar sessies gebruikte.

Het zachte gerinkel van de winkelbel trok haar aandacht en ze draaide zich om, in de hoop op een inloopklant. Er was niemand. Ze perste haar lippen op elkaar en ging verder met het afwassen van de rollers. Soms hield hij op met zijn streken als ze hem negeerde. Het stromende water haperde en werd ijskoud. *Verdomme.* Met een vertrokken gezicht waste ze stug door.

Toen viel het licht uit.

Met een zucht leunde ze achterover en staarde boos naar de donkere muur voor haar. 'Klootzak van een klopgeest.'

Als reactie flikkerden de lichten weer aan. Het nabijgelegen fluwelen gordijn rimpelde en een magere man met een ontbloot bovenlijf stapte erdoorheen. Niet erlangs. Erdoorheen. Zijn stem klonk net zo uitgeteerd als zijn lichaam. 'Ik heb je gezegd dat je me niet zo moet noemen.'

Ze kieperde de krulspelden in een vergiet en draaide zich naar hem toe. 'Hou dan op je als een klopgeest te gedragen.'

Hij hield zijn hoofd schuin, terwijl de diepe rimpels in zijn gezicht een poging deden tot een vriendelijke glimlach. 'Je weet hoe je van me af kunt komen.'

'Nee. Ik blijf het je zeggen. Jij sterft samen met mij.' Ze zei dit al zo veel jaren dat de woorden haar niet eens meer een steek van spijt bezorgden.

Zijn gezicht vertrok tot een grauw masker, terwijl er paarse djinn-magie in zijn ogen vonkte. 'Wat kan jou het schelen wat er met mij gebeurt? Je wens is al betaald. Omarm het gewoon en leef je gelukkige, kleine, sterfelijke leventje zolang je nog tijd hebt.'

Tanika's maag draaide zich om, precies zoals bij elke interactie in de afgelopen veertien jaar. In werkelijkheid wilde ze precies doen wat hij voorstelde. Een stabiel thuis creëren met een gezin om van te houden. De droom van een klein meisje. Een droom waar ze voorgoed afstand van zou doen als dat betekende dat deze demon—hij noemde zichzelf een djinn, maar voor haar zou hij altijd een demon blijven—die in het medaillon van haar moeder woonde nooit meer iemand kon terroriseren. Ze draaide zich van hem af en hield zich bezig met het bijvullen van de shampooflessen. Meestal ging hij wel weg als ze hem lang genoeg negeerde.

Hij gleed naar voren en kwam recht voor haar tot stilstand, waarbij zijn vormeloze onderlichaam werd doorsneden door de rand van de wasbak. 'Wat dacht je ervan als ik hem inruil voor een nieuwe wens?'

Ze schudde haar hoofd en weigerde hem aan te kijken.

Hij gleed dichterbij en keek haar dreigend aan. 'Je gaat de salon verliezen.'

Haar onrustige maag trok zich samen tot een knoop; ze haatte het dat hij gelijk had. Elke keer dat ze probeerde op één plek te blijven en een leven op te bouwen, ging er iets mis, en ze wist zeker dat haar demon er de hand in had, hoezeer hij het ook ontkende. Ze begon zich net op haar gemak te voelen, maakte een paar vrienden, en dan werd op de een of andere manier alles onder haar voeten vandaan gerukt. Als ze de vervulling van haar wens niet wilde omarmen, zou hij alles afpakken wat als vervanging zou kunnen dienen.

Onlangs had haar huisbaas de huur van haar armzalige kleine pand verhoogd, in de hoop haar te verdrijven en het verouderde gebouw te kunnen slopen om plaats te maken voor een nieuw hotel. Zij en een handjevol medehuurders boden dapper weerstand, maar het was een strijd die ze waarschijnlijk niet zouden winnen. En het zou vrijwel onmogelijk zijn om elders in de stad een pand te vinden dat ze kon betalen.

De bel rinkelde, dit keer echt, en de verschijning van haar demon loste op in het niets. 'Ik ben zo bij u!' riep Tanika, terwijl ze haar handen afdroogde aan een handdoek.

In plaats van haar eerste klant stond meneer Daniels bij de deur, zijn witte schort besmeurd met iets wat op chocolade leek. 'Ik heb een éclair voor u meegebracht, Tanika. Voordat ze allemaal op zijn.'

'O, meneer Daniels, dat had u niet hoeven doen.' Haar heupen waren al rond genoeg zonder al dat eten dat hij haar toestopte. Niet dat ze nee zou zeggen tegen een chocolade-éclair.

'Het is niets.' De witharige oude man pakte haar hand en legde de met room gevulde lekkernij in haar handpalm. 'Ik sta nog steeds bij u in het krijt omdat u mijn zaak hebt gezuiverd van die lastige geest.'

Een blos kroop omhoog in Tanika's hals. Die lastige geest was haar demon geweest, en toen ze er eenmaal achter was gekomen dat hij na sluitingstijd voor problemen zorgde, had ze het medaillon van haar moeder verplaatst naar een kluisje bij de bank. Nu kon de djinn zich alleen nog materialiseren via de verbinding met haar onvervulde wens, waardoor zijn macht beperkt bleef tot haar directe fysieke nabijheid. 'U bent me niets verschuldigd, meneer Daniels.'

'Ik vertel al mijn klanten over u.' Hij keek om zich heen in het sjofele interieur. 'Ik begrijp niet waarom u en Birdie niet meer klandizie krijgen.'

Ze haalde haar schouders op. 'Niet veel mensen geloven in magie. Waarom denkt u dat ik ernaast knip?'

'Leest u niet de knobbels op de hoofden van mensen?'

Frenologie? Verdomme. Waarom had ze daar niet aan gedacht? Dat moest ze toevoegen aan haar lijst met diensten. 'Eh, ja. Jazeker, dat doe ik.'

Hij wierp een blik op haar wandklok. 'Ik kan maar beter teruggaan naar het café, mijn beste. Een prettige ochtend nog.'

Hoewel het nog maar net na achten was, plofte Tanika neer in haar kappersstoel en nam een grote hap van de éclair. Omdat ze niet wist wat de toekomst zou brengen, ging ze van elk moment genieten van wat ze nu had.

OVER DE AUTEUR

Ooit dacht ik dat ik biomedisch ingenieur wilde worden—maar experimenten uitvoeren op laboratoriummuizen leidt niet altijd tot een 'en ze leefden nog lang en gelukkig'.

Nu combineer ik mijn nerdy fascinatie voor wetenschap met karaktergedreven romances en gegarandeerd gelukkige eindes.

Mijn monsters vinden altijd hun fated mate—te midden van pittige heldinnen, gekwelde helden en alle pikante avonturen die ze aankunnen. Ik beloof dat mijn verhalen je nooit in het ongewisse zullen laten al zou het zomaar kunnen dat je daarna hunkert naar meer!

Als ik niet aan het schrijven ben, vind je me in de tuin of de keuken, terwijl ik samen met mijn man Alaska verken of bezig ben met de voorbereidingen op de zombie-apocalyps. Ook haak ik graag terwijl ik Netflix-series bingewatch, speel ik videogames en breng ik quality time door met mijn gezin tijdens onze wekelijkse D&D-sessies.

Wil je meer over mij weten? Word dan lid van mijn VIP-lezersgroep en ontvang exclusieve bonuscontent, updates en gratis verhalen!

news.tamsinley.com/VxUtr8

FANTASY ROMANCE

Gebonden aan monsters

Tritonen, centaurs en djinn ontdekken de liefde naast hun menselijke fated mates.

<u>Binnenkort</u>

SCIENCE FICTION ROMANCE

Alien fated mates—Intergalactisch datingbureau

Alien shapeshifter-krijgers doorkruisen de melkweg op zoek naar hun menselijke fated mates.

Alien piratenbruiden—Fated mates tussen de sterren

Buitenaardse piratenkapiteins ontvoeren menselijke vrouwen voor gevaarlijke missies—en ontdekken hun voorbestemde zielsverbinding tussen de sterren.

PARANORMALE ROMANCE

De Alaska alphas—Wilde shifter romance

Sexy alpha shifterhelden en ontembare heldinnen in de wilde natuur van Alaska.